LOTS OF LOVE

Scott et Scottie
Correspondance, 1936-1940

Francis Scott Fitzgerald dans Le Livre de Poche :

ENTRE TROIS ET QUATRE

FLEURS INTERDITES

FRAGMENTS DU PARADIS

GATSBY LE MAGNIFIQUE

TENDRE EST LA NUIT

FRANCIS SCOTT FITZGERALD
FRANCES SCOTT FITZGERALD

Lots of Love

Scott et Scottie
Correspondance, 1936-1940

LETTRES ET TEXTE D'INTRODUCTION
TRADUITS DE L'ANGLAIS (ÉTATS-UNIS) PAR ROMAIN SARDOU

BERNARD PASCUITO ÉDITEUR

Sauf indication contraire, toutes les notes sont du traducteur.

ISBN : 978-2-253-12792-5 – 1re publication LGF

Note de l'éditeur

De 1936 à 1940, F. Scott Fitzgerald vit ses quatre dernières années. Il a entre quarante et quarante-quatre ans, et nous ne pouvons certes pas dire que ce sont ses années les plus triomphantes. Écrivain asséché, épuisé, usé par toutes sortes d'excès, homme malade, au bout du rouleau, mari torturé par l'état cataclysmique de Zelda qui ne trouve plus refuge que dans diverses maisons de santé, il doit faire face au jour le jour à des pressions financières insoutenables. Le talent s'est « fêlé », l'argent ne rentre plus, Scott ne produit que de médiocres travaux pour Hollywood, ses livres sont oubliés, au point qu'on n'en trouve plus un seul en librairie, et rien de nouveau ne semble se profiler. À vrai dire, Scott Fitzgerald n'existe désormais pas plus que ses livres, sauf dans la tête de quelques étudiants sensibles qui portent encore *Gatsby* dans leur cœur comme on caresse un vieux souvenir. Lui qui n'a jamais su compter en est réduit à économiser dollar par dollar. Jour après jour.

Entre 1940 et 1944, Frances Scott Fitzgerald – Scottie –, la fille unique de Scott et Zelda, a entre quinze et dix-neuf ans. Elle est jolie, intelligente, fréquente le collège avant de se diriger vers l'université de Vassar, réalisant un des rêves que son père avait faits pour elle.

Scottie a connu une enfance délicieuse et palpitante, ornée de voyages, de longs séjours dans de belles maisons et sous des cieux le plus souvent radieux. Elle a été une princesse, ravissant les célèbres amis de ses parents. Pendant ces années bénies, Scottie n'a connu que les douceurs et les cadeaux de la vie. Elle a grandi entourée de parents beaux, intelligents, talentueux, riches et portés par le goût du plaisir, à défaut de celui du bonheur. Et qui l'aimaient.

La vie était une fête alors, une fête infinie dont il n'est plus rien resté après le retour aux États-Unis et les multiples séjours dans une clinique suisse de Zelda. Le rêve a cédé sous les excès, craqué sous les fêlures, comme un barrage se délitant sous une pression gigantesque avant de rompre bruyamment.

La folie de Zelda, l'alcoolisme de Scott ont pris le pouvoir.

La fille de Scott et Zelda a cessé d'être une princesse pour devenir une adolescente comme les autres. Avec un peu moins de moyens, parce que son père n'a pas toujours la possibilité de lui envoyer ne serait-ce qu'un chèque de cinq dollars. Avec un peu plus de soucis, parce que les contacts avec sa mère se résument le plus souvent à des visites à l'hôpital psychiatrique où elle est soignée.

Heureusement pour elle, le père reste plus solide que le créateur. Rien à voir avec l'homme vidé, l'écrivain carbonisé, le dandy désenchanté, qui a commencé d'achever sa vie avec, pour grande compagne, une mélodie assassine, celle des blessures de l'échec.

Cet autre Scott Fitzgerald est un homme prêt à lutter ! Plus brillant que jamais, doté d'humour et d'une lucidité infaillible, porté par sa morale et par une rigueur qu'on lui connaissait mal. Bref, un père de famille sans faiblesse, débordant d'énergie quand il s'agit de son enfant, de son avenir, multipliant les conseils avisés, ne reculant pas devant les admonestations, parfois féroces.

C'est tout ce qui ressort de ces lettres : de l'amour, d'abord, des leçons de vie, une volonté de protection farouche. Fitzgerald ne perd pas de temps à gémir sur ses propres erreurs, à se lamenter sur son propre désastre ; il s'échine à donner à Scottie les clés d'une autre vie.

Ces lettres sont des lettres d'amour, il ne faut pas s'y tromper. Y compris lorsque le père compte ses sous un par un, lorsqu'il distille ses instructions, lorsqu'il donne un coup de griffe parce qu'un comportement de sa fille lui a déplu.

Cet homme jeune mais en fin de parcours, et qui ne peut pas ne pas le savoir, ne parle que d'avenir et de projets ; mieux, il s'efforce d'en jeter les bases. C'est qu'il s'adresse à la seule personne au monde dont le futur l'intéresse. Il ne se contente pas de lui écrire, il écrit pour elle. Sur les ruines de sa vie, au cœur de son déclin, il bâtit pour les années à venir un nouveau défi pour cette adolescente qui sera, il le veut, sa victoire et sa rédemption.

Les artistes sont égoïstes, les créateurs préoccupés par eux-mêmes, nous avons tous appris cela. Avec ces lettres de Scott à Scottie, on découvre un créateur à terre mais débarrassé aussi de son égotisme. À peine prend-il le temps d'évoquer en quelques mots son travail, ses propres projets, si nécessaires pourtant à l'équilibre financier de la famille Fitzgerald. Il faut payer la clinique de Zelda, les études de Scottie, et toutes ces choses qui assurent leur vie à tous les trois.

Il lui parle le plus souvent comme on s'adresse à son enfant, quelquefois comme à une jeune fille, plus rarement encore, mais que ses mots sont forts alors, comme à une confidente, voire un *alter ego*.

De l'autre côté de ces lettres magnifiques, tantôt joyeuses – mais oui – tantôt graves, voire sentencieuses, il y a une adolescente sans trouble. Attentive, juste ce qu'il faut, aux longs écrits de son père, elle nous confirme dans le texte d'introduction qui suit qu'elle s'intéressait alors plus aux petits chèques glissés dans les enveloppes qu'aux grands principes évoqués par son père.

Ce qui émeut dans ces lettres de Scottie, enfin présentées au public français, c'est la capacité de cette jeune fille, plongée, malgré elle, dans un psychodrame permanent, à rester un tant soit peu indemne. Ce n'était pas évident, dans ces années 1936-1940 qui marquent l'agonie et la fin du calvaire de l'écrivain souvent sans égal que fut Scott Fitzgerald.

On imaginerait Scottie déstabilisée, tourmentée, un peu hystérique et très « crises de nerfs », enfermée dans son monde d'avant et le ressassant loin des préoccupations des adolescentes de son époque ; c'est une autre Scottie que nous découvrons : elle a des copines, se réjouit de fêtes où elle est invitée, pense beaucoup aux garçons, ne travaille pas toujours sérieusement, sa mère l'énerve, et elle ne supporte pas sa folie ; son père l'amuse et l'agace parfois, à force de « préceptes fondamentaux » dont il semble avoir le secret et... un stock inépuisable. Mais elle l'aime profondément, le respecte, l'admire et craint chacun de ses jugements. Il n'est plus tout à fait l'idole de sa petite enfance mais il est devenu plus que ça, le pilier de toute sa vie, son grand homme, dont on devine qu'elle s'y raccrochera toujours avec autant de ferveur, et même longtemps après sa mort.

Il y a tout l'amour du monde dans ces courriers, l'amour d'un père sans concession, d'une fille sans autre illusion que d'être à la hauteur.

De telle ou telle lettre écrite par l'un ou par l'autre s'échappe souvent une phrase enchantée, quelques mots qui résonnent comme des pépites.

« Je ne veux jamais que tu perdes de ta gaieté, ni de ton sérieux », insiste le père.

À travers le texte magnifique qui suit, nous savons aujourd'hui que la fille a été à la hauteur.

B. P.

Introduction

Lors de ma prochaine réincarnation, je ne choisirai probablement pas d'être de nouveau la fille d'un auteur célèbre.

La paie n'est pas mauvaise, on profite de menus avantages accessoires, mais les conditions de travail sont trop aléatoires. Les individus vivant du fruit de leur imagination sont des êtres fascinants, brillants et souvent séduisants, mais il est préférable de les côtoyer lors d'un dîner que de vivre en leur compagnie. Imaginez que votre bien-être dépende d'un Bernard Shaw ou d'un Somerset Maugham, sans parler des célébrités du moment comme Norman Mailer ! Je crois bien que les seules personnes aussi intolérables que les écrivains sont les peintres.

Je suis longtemps restée à me demander pourquoi et j'ai fini par réunir quelques débuts de réponse.

Primo, je suppose qu'il n'est pas possible, lorsqu'on a pris le pli d'inventer des personnages, de les façonner, de les briser ou de les faire se mouvoir comme des poupées de son, de ne pas reproduire la chose sur ceux qui vous entourent.

Les grands écrivains sont essentiellement des *fouille-merde*, exhibant la nature révoltante de l'âme humaine. Leur affaire, c'est de gratter sous le vernis des situations et des êtres. Nous autres voyons nos semblables tels qu'ils se présentent, quitte à ravaler l'exaspération que certains nous inspirent. Pas les écrivains ; ceux-là doivent tailler dans le vif, les agacer, les sonder, les tester, les faire douter d'eux-mêmes, les harceler ; sacrifice qui appelle inévitablement un flux constant de nouvelles victimes et de nouvelles pratiques.

Secundo, il n'y a rien qu'on puisse entreprendre pour assister un écrivain. Un chef d'entreprise a le choix d'embaucher un adjoint, un notaire peut recruter un clerc, même une ménagère parvient à déléguer soixante-dix à quatre-vingts pour cent de ses tâches. Le malheureux auteur, en revanche, n'a que lui vers qui se tourner, jusqu'au terme de son livre ; alors il pourra le remettre à un éditeur qui lui démontrera par quel bout tout devoir recommencer, *seul*. Jamais il ne s'entendra dire : « Tiens, Marie, ce sujet, tu le connais aussi bien que moi, sois gentille et complète ce paragraphe à ma place, veux-tu ? »

Tertio, les auteurs à succès, semblables en cela à toutes les personnes qui réussissent, sont gâtés et chouchoutés par ceux qu'ils rencontrent. En même temps, ils sont affranchis des contraintes qui régissent l'ensemble des autres professions. Un sénateur se doit d'affronter les médias, d'accueillir ses milliers d'administrés et de participer à d'interminables banquets, infinis comme des déserts, sans l'espoir de l'oasis d'un bon mot ou d'un verre de vin. Une actrice est forcée de se rendre au théâtre ou sur un plateau de tournage, de soigner son apparence, de mémoriser ses répliques. Pauvre écrivain, libre de faire tout ce qui lui plaît ; si l'envie lui prend de se soûler, qui va le licencier ? Entre lui et la maîtrise de son destin funeste, il n'y a guère que les créanciers pour arriver à se glisser.

Toutefois, en homme vénéré et célébré, c'est seul qu'il doit s'asseoir à son bureau, chaque jour, sans guide ni assistance, exactement comme s'il n'était qu'un zéro qui part de rien. Pas étonnant qu'il soit ni miel ni sucre lorsqu'il émerge de ces séances de bataille qui se concluent souvent par une défaite.

Que mon papa soit devenu un père difficile n'a donc plus rien pour m'étonner ou pour me blesser. Il m'a offert une enfance dorée, et c'est à peu près tout ce que n'importe lequel d'entre nous peut rêver de recevoir. Jusqu'à mes onze ans environ, avant que son monde commence à s'écrouler autour de lui, je ne garde le souvenir que d'instants heureux et joyeux passés à ses côtés. Mais depuis l'époque où la lettre d'ouverture de ce recueil fut rédigée (je partais alors pour mes premières colonies de vacances) jusqu'à sa mort en 1940, qui sonnait, avec la Seconde Guerre mondiale, la fin d'une ère (il se sera toujours habilement arrangé pour faire coïncider sa vie avec celle de la nation), je ne me souviens plus que des difficultés qui sont abordées dans notre correspondance : la maladie incurable de ma mère, sa santé précaire à lui, son manque d'argent et, le plus pénible je crois, sa déchéance littéraire.

Au cours des cinq dernières années de sa vie, mon père ne pouvait plus trouver le moindre de ses livres à acheter dans une librairie ; il n'aurait probablement même pas pu en demander un sans souffrir le regard d'incompréhension de la vendeuse. Je ne suis pas de nature sentimentale, mais une fois, il y a quelques années, je suis entrée dans la librairie d'une petite ville de province et j'y ai vu tout un rayonnage de livres de F. Scott Fitzgerald, exposé le plus naturellement du monde comme s'il s'était agi de l'œuvre de Shakespeare ; j'ai éclaté en sanglots. Une épouse dérangée, les difficultés financières, les coups du sort – nous devons tous lutter contre l'un ou l'autre, et Papa avait sa part de responsabilité, mais pour ce qui est de ses problèmes d'écriture, il ne les méritait pas. Dieu a abattu là l'un de ses tours capables de vaincre les plus valeureux d'entre nous.

Tant de choses ont été dites sur son compte que, pour paraphraser Dorothy Parker, si toutes les rames de papier consacrées à Francis Scott Fitzgerald étaient mises bout à bout, elles pourraient franchir l'océan Atlantique sans que j'en sois plus surprise que cela. Edmund Wilson, Arthur Mizener, Sheilah Graham, Andrew Turnbull, Malcolm Cowley, Vance Bourjaily, Arnold Gingrich, Dan

Piper, Matthew Bruccoli, John Kuehl, Glenway Wescott, Morley Callaghan, Burke Wilkinson, pour ne pas citer M. Hemingway, si prompt à cogner un homme à terre, ou les douzaines d'autres qui ont rédigé des thèses et des articles dans des magazines plus ou moins importants, ou Budd Schulberg qui a fait fortune avec sa description clinique des moments les plus sordides de l'existence de mon père[1], ils en ont tous parlé beaucoup mieux que je n'aurais su le faire. Je n'ai rien à ajouter de neuf si ce n'est quelques détails me concernant.

Je n'ai pas été une adolescente très perspicace, en fait j'étais même sûrement plus narcissique que la moyenne, pourtant dès cette époque j'avais vaguement compris que mon père, par-delà ses affres, qu'il s'infligeait en partie, et ses péchés colossaux, était non seulement un génie, mais aussi un grand homme en soi. Je le savais gentil, généreux, digne et loyal ; j'avais de l'admiration pour lui et je l'aimais. Mais comme l'instinct de survie l'emporte toujours, notamment lorsqu'on est jeune, je sentais que la seule façon pour moi de survivre à sa tragédie était de l'ignorer. En repensant au passé, j'aurais préféré être une fille moins capricieuse, plus réfléchie, plus attentive et plus prévenante. Je m'en veux d'avoir ajouté des soucis aux siens, et c'est probablement la raison pour laquelle je n'ai rien écrit d'intime le concernant avant aujourd'hui.

---

1. Dans *The Disenchanted,* paru en 1950 aux États-Unis (*Le Désenchanté,* Robert Laffont, 1951).

J'étais trop obnubilée par ma propre survie, aussi les comportements les plus répréhensibles, ceux que je ne pouvais pas ignorer, tels qu'un encrier volant au-dessus de ma tête, je les enfouissais au tréfonds de moi, aussi vite que possible. Ainsi, après cet épouvantable thé dansant[1], dont j'évoque l'organisation dans les lettres ci-jointes, mon amie Peaches Finney et moi sommes retournées chez elle dans un état proche de l'hystérie. Ses parents, qui étaient à peu près les personnes les plus gentilles et les plus attentionnées qu'il m'ait été donné de rencontrer, nous ont servi des œufs et réconfortées. En moins de deux heures, nous étions habillées et coiffées, et déposées par eux à l'entrée de la fête de Noël suivante. Meredith Boyce, alors le meilleur danseur de seize ans de tout Baltimore, s'est bel et bien arrêté de danser pour me demander de m'asseoir avec lui.

« Comment peux-tu être aussi gaie après ce qui s'est passé cet après-midi ? » me demanda-t-il.

C'était un très bon ami et je me flattais du bref flirt que nous avions eu.

« Il ne s'est rien passé cet après-midi, répondis-je.

— C'est une manière de faire bonne contenance ? Sourire pour cacher ses larmes ?

— Pas du tout, c'est juste qu'il ne s'est rien passé, voilà tout. »

Il m'a avoué beaucoup plus tard que ce soir-là mon indifférence l'avait choqué. Je lui ai demandé pourquoi.

---

1. Fitzgerald, ivre mort, avait fait scandale.

« Parce que les enfants devraient s'inquiéter davantage de leurs parents, m'a-t-il dit. Ton père était ivre mort, il faisait pitié, et toi, tu as agi comme s'il n'était pas là.

— Meredith, je n'avais pas le choix ! répliquai-je. Ne vois-tu pas que si je m'en étais préoccupée, je n'aurais pas pu le supporter ? »

Il était sceptique – il doit l'être encore aujourd'hui – et, d'une certaine façon, il avait raison. Le danger avec la politique de l'autruche, c'est que lorsqu'on s'y adonne depuis trop longtemps, elle finit par devenir un réflexe. Cela rappelle ces blagues des bandes dessinées où un couple marié se fait la sourde oreille jusqu'à ce que l'un des deux s'écrie : « Au feu ! » J'avais dressé un tel mur défensif entre mon père et moi que, même lorsqu'il m'engueulait, je ne l'entendais plus.

C'est ainsi que ses magnifiques lettres, ces perles de sagesse et de style, arrivaient à l'université de Vassar, et je ne les décachetais que pour les chèques et les dernières nouvelles, avant de les reléguer dans le dernier tiroir de mon bureau. Mais je suis fière de les avoir conservées ; je savais qu'elles étaient formidables, et il n'y avait là aucun but intéressé de ma part, car Papa était, à l'époque, un auteur tombé dans l'indifférence qui courait après l'argent, sans la perspective de voir *Gatsby* traduit un jour en vingt-sept langues. Je les ai mises de côté comme on se ménage pour plus tard la lecture de *Guerre et Paix* ou la visite de Florence.

À l'époque, je ne tolérais pas qu'on me dicte quel livre lire, comment le lire, pour quelle matière scolaire opter, si je devais ou non participer au journal de l'université, avec quelle étudiante partager ma chambre, à quel match de football assister, quoi penser de la guerre d'Espagne, si je devais boire ou pas, foutre ma santé en l'air (si Papa avait eu une fille à l'université de Vassar *aujourd'hui*, quelle prose fabuleuse il aurait pu pondre sur le sujet), ne pas avoir le droit d'écrire la musique d'un spectacle dans le campus, ne pas porter des mèches blondes peroxydées, ne pas me rendre à un bal de débutantes à New York, m'essayer ou pas à des œuvres caritatives, et ainsi de suite, à tel point qu'à dix-huit ans, je m'attendais presque à recevoir encore une leçon sur l'heure à laquelle devoir prendre mon bain.

La chose que Papa a désapprouvée le plus fut un week-end où je n'avais pourtant rien commis de mal ; Andrew Turnbull[1] m'a demandé ce qui s'était réellement passé. Je crois que j'avais quitté l'université pour Scarsdale afin de visiter subrepticement les Ober qui étaient mes parents de substitution. Plus de vingt télégrammes provenant de Californie m'attendaient à mon retour le dimanche soir.

La chose qu'il a appréciée le plus fut de me voir reçue à l'université d'été d'Harvard, l'année de sa

1. Andrew Turnbull a rédigé une biographie de Scott Fitzgerald. (Voir la note 1, p. 144, de la lettre de Scott datée de janvier 1939.)

mort. Sa réaction n'était pas dépourvue d'une certaine consonance intello, et je suis heureuse de lui avoir offert ce sentiment d'être arrivé à quelque chose avec moi. Toutefois, alors que j'ai atteint aujourd'hui la quarantaine, je ne crois pas m'être jamais comportée d'une façon aussi grotesque et frivole qu'alors. J'avais rencontré une bande de jeunes gens charmants qui avaient été renvoyés d'Harvard pour telle ou telle raison, et j'ai passé du si bon temps avec eux que je n'ai jamais participé aux examens. Je passais mon temps dans les boîtes de nuit de Cambridge ; ni avant, ni depuis, je n'ai eu la chance de gaspiller mes nuits de la sorte. Vous serez soulagés d'apprendre que Papa n'a jamais pris la mesure de ce qu'il aurait sans nul doute considéré, pour sa fille, comme l'orée d'une vie de paresse et de libertinage.

Malcolm Cowley[1] observait dans une critique dans le *New York Times* : « Fitzgerald n'écrivait pas des lettres à sa fille à Vassar, il s'adressait à l'étudiant qu'il fut à Princeton. » C'est tout à fait exact, vraiment. J'étais sa fille virtuelle, aussi imaginaire que ses premières héroïnes. Il me faisait passer pour plus charmeuse et plus populaire que je l'étais réellement ; en fait, ma beauté n'était pas flagrante et seuls mes copains m'invitaient à danser – heureusement que j'en comptais beaucoup. Mais il espérait

1. Malcolm Cowley (1898-1989), romancier, poète, critique littéraire et journaliste américain. Il a rencontré F. Scott Fitzgerald dans les années 1920 à Paris.

tellement me voir correspondre à cette image qu'il m'écrivait dans ses lettres comme si j'étais mon idole glamour de l'époque : Brenda Frazier[1]. Il exagérait aussi mes mauvais côtés et mon penchant à toujours rechercher mon plaisir. C'est vrai que je préférais penser aux hommes, notamment à Fred Astaire, et à tout ce qui était susceptible de me divertir, plutôt que de travailler péniblement pour gagner ma vie. Et c'est toujours vrai aujourd'hui, je préfère penser aux hommes, notamment à Fred Astaire, et à tout ce qui est susceptible de me divertir, plutôt que de travailler péniblement pour gagner ma vie. N'est-ce pas le cas pour presque tout le monde ?

Une morale se cache derrière tout cela ; aussi je vous livre ce que j'ai sur le cœur :

Aux étudiants (mes deux enfants inclus) : n'ignorez aucun bon conseil sauf s'il vient de vos propres parents ; les parents des autres peuvent tout aussi bien avoir raison.

Aux parents (pauvres créatures tourmentées) : ne jetez pas de perles aux cochons avant d'être certains que les cochons iront les reléguer dans le dernier tiroir de leur bureau.

Maintenant prêtez bien attention à tout ce que va dire mon père. Car il donne de précieux conseils dans ses lettres, et je suis convaincue que s'il ne

1. Jeune héritière riche et célèbre. La « Paris Hilton » des années 1930. (Voir la lettre où Scott Fitzgerald la mentionne, datée du vendredi 18 novembre 1938.)

s'était pas agi de mon père, lui que je pouvais à la fois haïr et aimer, j'en aurais tiré un meilleur profit et, aujourd'hui, je serais la femme la mieux éduquée, la plus chanceuse et la plus irréprochable du monde.

Scottie Fitzgerald Lanahan
Octobre 1965

Chronologie

1896 Francis Scott Key Fitzgerald naît le 24 septembre au 481, Laurel Avenue, à Saint Paul, Minnesota.

1900 Naissance de Zelda Sayre à South Street, Montgomery, Alabama.

1908 Après une enfance entre Saint Paul, Syracuse et Buffalo, Francis Scott Fitzgerald entre à la Saint Paul Academy.

1909 Le nom de Francis Scott Fitzgerald est imprimé pour la première fois lors de la publication de « The Mystery of the Raymond Mortgage » dans *Now & Then*, journal de l'Academy.

1913 Francis Scott entre à l'université de Princeton, promotion de 1917, où il collabore dès l'année suivante au journal *Princeton Tiger* ; il quittera l'établissement en décembre 1915.

1917 Fitzgerald reçoit en octobre le brevet de sous-lieutenant d'infanterie, puis est affecté le mois suivant au camp de Fort Leavenworth, Kansas, où il s'attelle à la rédaction de son roman *The Romantic Egotist* (qui deviendra *This Side of Paradis*).

1918 Muté à Cap Sheridan, près de Montgomery, Alabama, Francis Scott Fitzgerald fait la connaissance de Zelda Sayre à l'occasion d'une soirée du Country Club de la ville.

1919 Désormais démobilisé, Scott Fitzgerald forme le projet d'épouser Zelda puis part s'installer à New York pour travailler à l'agence de publicité Barron Collier. Puis il passe le printemps à Montgomery en compagnie de Zelda qui accueille avec réticence l'idée du mariage et rompt les fiançailles. *The Smart Set* publie « Babes in the wood », première nouvelle de Fitzgerald.

1920 Ses fiançailles renouées en janvier, Fitzgerald publie *L'Envers du Paradis* le 26 mars. Il épouse Zelda le 3 avril au presbytère de la cathédrale St Patrick de New York. Son premier recueil de nouvelles, *Flappers & Philosophers*, paraît en septembre.

1921 Les Fitzgerald font cet été-là leur premier voyage en Europe (Angleterre, France, Italie). *Les Heureux et les damnés* paraît sous forme de feuilleton dans le *Metropolitan Magazine*. Leur fille Frances Scott naît le 26 octobre.

1922 Fitzgerald publie de mars à septembre le roman *Les Heureux et les damnés*, la nouvelle *A*

Diamond as Big as the Ritz (*Un diamant gros comme le Ritz*) dans *The Smart Set* et *Tales of the Jazz Age* (*Les Enfants du jazz*).

1925 *Gatsby le Magnifique* paraît le 10 avril. Les Fitzgerald s'installent toute l'année en France, où Scott fait la connaissance d'Ernest Hemingway.

1926 *All the Sad Young Men*, son troisième recueil, est publié en février.
Les Fitzgerald rentrent aux États-Unis à la fin de l'année. Ils feront au cours des cinq années suivantes de nombreux séjours européens marqués par les premières dépressions nerveuses de Zelda. Scottie va à l'école à Paris dès 1931.

1934 *Tendre est la nuit* paraît le 12 avril, suivi l'année suivante par le quatrième recueil de nouvelles de Scott Fitzgerald, *Taps At Reveille* (*Un diamant gros comme le Ritz*). Dépressif, il s'installe en Caroline du Nord, où Scottie suit les cours à la Calvert School. Ils s'installent l'année suivante dans un appartement de Baltimore, dernier foyer commun de la famille.

1936 Zelda est admise à l'hôpital Highland à Asheville, Caroline du Nord.
Scottie entre au collège de filles Ethel Walker à Simsbury, Connecticut, d'où elle est momentanément expulsée en 1938 pour être sortie sans permission.
À Noël, Scott organise pour elle un bal à l'Hotel Belvedere, Baltimore.

1937 Gravement endetté, Fitzgerald part s'installer à Hollywood. Cette année-là est ponctuée de contrats en tout genre et par une visite à Zelda en septembre.

1938 Scottie, qui est l'une des élèves les plus populaires de sa classe, est diplômée en juin de la Walker, en présence de sa mère et de la Tante Rosalind. Elle passe un été nomade, entre un voyage en Europe avec ses amis, une visite à sa mère à New York, puis à son père à Malibu en compagnie de son amie Peaches. Elle rentre au prestigieux Vassar College de Poughkeepsie, dans l'État de New York, et écrit pour le journal de l'université. Scott, qui perd un contrat avec la MGM, s'installe à Encino.

1939 Fitzgerald, qui travaille dès lors comme scénariste indépendant pour de nombreux studios de cinéma, est congédié de projets en raison de son état d'ivresse permanent, qui le conduit à être hospitalisé à New York après un voyage à Cuba en compagnie de Zelda. Il entreprend à la fin de l'année la rédaction du *Dernier Nabab*.
Scottie écrit pour cinquante dollars un article sur la nouvelle jeunesse pour la revue *Mademoiselle*, provoquant la colère de son père. L'été, elle rejoint celui-ci à Hollywood, où elle prend des cours d'art dramatique et fonde, à la rentrée à Vassar, une troupe de théâtre, l'OMGIM (*Oh My God It's Monday !*)

Scottie rencontre à Baltimore, où elle fait ses « débuts » avec Peaches, Jack Lanahan, étudiant de Princeton, son futur mari.

1940 Au printemps, Scottie se dédie à la production pour l'OMGIM d'une comédie musicale, *Guess Who's Here*, narrant « les aventures du missionnaire Cuthbert, en proie à de nombreuses prédatrices féminines parmi les Eskimos et les cannibales ». Ce projet de se destiner à une carrière théâtrale préoccupe Scott au plus haut point. Scottie retrouve à de nombreuses reprises Jack Lanahan entre New York, Baltimore et Princeton.

Scott s'installe dans un appartement moins cher à Laurel Avenue, à Encino, et devient le voisin de Sheilah Graham. Il se consacre au scénario de *Retour à Babylone* et continue de travailler à son roman. Scottie suit les difficiles cours d'été d'Harvard, avec l'appui de son père, et passe avant la rentrée quelques jours avec Zelda, retournée vivre avec sa mère à Montgomery.

College Bazar publie dans son numéro d'août « La fin de tout », où Scottie narre son expulsion de l'Ethel Walker School, article qui reparaît en octobre dans le *New Yorker*.

Scott Fitzgerald meurt le 21 décembre 1940 des suites d'une occlusion d'une artère coronaire dans l'appartement de Sheilah. Les funérailles ont lieu à Baltimore en présence de Scottie, mais sans Zelda, alors malade, et Scott est inhumé le

27 décembre au Rockville Union Cemetery, dans le Maryland. Son roman inachevé, *Le Dernier Nabab*, paraîtra le 27 octobre 1941.

1943 Scottie épouse en février à New York Jack Lanahan, avec qui elle aura quatre enfants (Tim, Eleanor, Jacky et Cecilia) et dont elle divorcera en 1967.

1948 Zelda, qui a quitté Montgomery depuis deux ans pour être à nouveau internée, périt le 10 mars dans l'incendie du High Hospital d'Asheville. Elle est enterrée aux côtés de Scott le 17 mars.

1986 Frances Scott Fitzgerald, devenue écrivain, journaliste, membre actif du Parti démocrate américain, a épousé Grove Smith en secondes noces, et meurt le 18 juin. Elle est enterrée aux côtés de ses parents, exhumés en 1975 pour être enterrés dans le cimetière de la St Mary's Church à Rockville, Maryland. Elle devient le sujet de la biographie *Scottie, the Daughter of… : The Life of Frances Scott Fitzgerald Lanahan Smith*, écrite par sa fille Eleanor Lanahan, en 1995.

Lettres

1936

[En-tête de l'hôtellerie de Grove Park.]
Asheville (Caroline du Nord)

Été 1936

Scottina,

J'ai eu grand plaisir à te voir et je t'ai bien aimée comme tu étais (ceci à part de t'aimer, ce que je fais sans cesse). Tu es plus gentille, pour les grandes personnes – tu es en passe de sortir de cette période assez difficile chez les filles entre douze et quinze ans d'habitude, mais tu en sors je crois de bonne heure – sans doute à quatorze ans ou environ. Maintenant je vais t'expliquer, mais – bon :

« Encore papa le prophète ! » je t'entends dire sur un ton de mépris. Dieu veuille que je ne t'aie pas habituellement si bien jugée. Quand j'ai écrit ce « bulletin de nouvelles » sans faire état des événements, tu sais : cette lettre qui t'a intriguée et que j'ai intitulée « Scotty perd la tête », c'était parce que je voyais ce qui se dessinait. Je savais que d'avoir la cote auprès de deux ou trois adolescents ahuris suffirait à te persuader que tu es la Reine de Saba pour le moins et que tu « perdrais la tête ». Quelle forme prendrait cette loufoquerie je l'ignorais – je n'aurais pu deviner que ça consisterait à écrire une série de lettres imprudentes à un garçon bavard et indiscret qui ne manquerait pas de les montrer à des gens qu'elles ne concernaient *pas* (Comprends-moi : je ne le blâme pas – pas trop – c'était ta faute – lui n'a pas, tu remarqueras, mis sur le papier une analyse de ses meilleurs amis de son propre sexe !)

Malgré tout, cela n'est guère sérieux. Mais je crois que le prochain coup ce sera une sale histoire – Mais tu t'en sortiras, après quoi tu sauras mieux digérer tes affaires. Pour éviter ce genre d'anicroches, il faut presque que tu les *subisses* en personne afin de commencer à penser que les autres se mettent en valeur, peut-être, tout autant que tu le fais toi-même. Si bien que je ne crains pas pour toi. Je ne veux pas que ce soit mauvais au point de briser ta confiance en toi qui es attirante et intéressante et fondée sur des vertus positives, le travail, le courage, etc. mais si c'est de l'égoïsme il vaut mieux le briser de bonne heure. Si tu n'es pas égoïste tu peux la conserver – et c'est chose bonne à posséder. Je n'ai pas su avant quinze ans qu'il y eût personne d'autre au monde que moi et je l'ai payé *cher*.

Signes et présages de ta suffisance obstinée : Mme Owens m'a déclaré (et Mme Owens a de l'affection pour toi) « Pour la première fois depuis longtemps Scotty a été *gentille* et pas un fardeau comme je m'y attendais. C'était vraiment agréable d'être avec elle. »

Parce que, j'imagine, pour la première fois tu es entrée dans *leurs* vies à eux, des vies humbles de gens qui luttent, au lieu de vouloir qu'ils entrent dans la tienne – chance qu'ils n'ont jamais eue, d'appartenir à la « haute société ». Auparavant, tu les avais mis au courant de ce que toi tu faisais (pas dans un sens snob, car Dieu sait que je t'en aurais empêchée) – mais parce que tu n'as jamais prêté attention ou fait comme si tu prêtais attention à leurs vies, à leur monde – ce que tu faisais toi te paraissait d'une importance tellement plus considérable ! *Tu n'as employé une seule bribe de ton intelligence, pas la moindre bribe !* pour penser ce à quoi *eux* pensaient, ou pour les aider, *eux* !

Tu es allée à Norfolk et tu as fait savoir (via les Taylor, via Annabel, via Grand-Mère) que tu allais entrer à Dobbs. Ça n'a pas d'importance sauf pour dénoter l'état d'esprit de quelqu'un qui se donne de l'importance. Tu sais que c'était tout juste un projet. Là encore, un exemple de vantardise, pour « te mettre en avant ». Mais ces signes d'une grande catastrophe (cela arrivera – je veux la minimiser pour toi, mais on ne peut l'empêcher car seule l'expérience peut enseigner) ont moins d'importance que ton impuissance à te rendre compte que tu es *un jeune membre de la race humaine* qui n'a pas encore fait ses preuves sauf de façon des plus superficielles. J'ai vu des « filles qui étaient très populaires » à quinze ans mais qui se déclassaient complètement en six mois parce qu'elles étaient essentiellement égoïstes. Toi (qui n'es pas égoïste, je crois) tu avais une bonne avance en apparence du fait que tu étais jolie, mais tu t'apercevras de plus en plus que de moins jolies filles attirent les garçons les plus solides et de plus de caractère comme on verra au cours des deux prochaines années. Toutes deux toi et Peaches êtes intelligentes mais toutes les deux vous serez déformées parce qu'on fera attention à vous de bonne heure et *quelque chose me dit qu'elle ne perdra pas la tête* ; elle n'a pas le « bagout » que tu as – sa façon de rire et ses silences remplacent bien des choses. Voilà pourquoi je souhaite vivement que tu écrives quelque chose quand tu auras le temps – ne serait-ce qu'une pièce en un acte sur les façons de se conduire des jeunes filles au bain, sous la tente, dans le train qui les emmène camper.

*

* *

Je me fatigue, mais sans doute n'écrirai-je plus pendant un mois. Ne réponds pas à cette lettre pour te justifier – *bien sûr* je sais que tu fais tout ce que tu *peux*.

Les divers points de cette lettre sont les suivants :

1. Tu t'es racontée, fort à la légère !

2. Tu vas sortir de la période égoïste – Dieu merci !

3. Mais il y faudra encore un grand coup et je ne voudrais pas qu'il soit trop fort, afin que ton postérieur n'en souffre pas trop.

4. Je voudrais que tu cesses suffisamment de t'intéresser à ta petite personne pour m'écrire une

pièce en un acte sur les autres – ce qu'ils disent et comment ils se comportent.

Bien *affectueux* baisers.

Ton Tout Simplement Parfait
Papa

S'il te plaît, retourne et relis cette lettre ! Elle contient trop d'idées mûrement réfléchies pour l'assimiler la première fois. Comme Milton – tu parles !

Cambridge Arms
Baltimore

Samedi 4 juillet 1936

Pie[1] chérie,

Cela m'a fait plaisir de te voir, même pour un moment. Je suis navré que tu penses que j'ai mal évalué tes résultats en mathématiques. Je n'avais assurément aucune intention que cela te parvienne et tu dois reconnaître que je ne t'ai pas grondée à ce sujet. Oublions cela !

Vu Harold Ober[2] hier à New York, il t'envoie ses meilleurs vœux et t'invite à venir le voir cet automne. Vu aussi Max Perkins[3] ; sa fille Elizabeth, fiancée à un peintre, se mariera à l'automne. Comme c'était mon premier jour à New York depuis l'arrière-saison dernière, je me suis dit autant en

1. Expression affectueuse, qui signifie littéralement « tarte » ou « tourte », utilisée par Scott principalement dans ses premières lettres à sa fille.

2. Harold Ober (1881-1959) était l'agent littéraire de Scott Fitzgerald. Il a travaillé à la Reynolds Agency à New York jusqu'en 1929, année où il fonde sa propre agence, Harold Ober Associates. Cette agence détient toujours des droits des œuvres de Fitzgerald.

3. Maxwell Perkins (1884-1947) était un éditeur américain de la maison Scribner, connu pour avoir découvert de brillants jeunes auteurs. Il a pris Fitzgerald sous contrat en 1919 et lui

profiter pleinement ; je suis donc allé voir *Boy Meets Girl*[1] et j'ai trouvé cela médiocre, je suis ensuite allé au Rainbow Room[2], la terrasse était plaisante mais c'était barbant à l'intérieur, le genre d'endroit agréable si tu es accompagné d'une personne qui t'a tapé dans l'œil.

Puis retour par le train de deux heures du matin vers ce cher vieux Baltimore et le travail. J'ai rédigé aujourd'hui une nouvelle pour *Esquire*[3]. Libby Weedon est venue la chercher, accompagnée de l'un de ses prétendants, mais ils ne sont pas parvenus à me réveiller, j'étais claqué, aussi ai-je pris Mlle Abercrombie qui va s'en charger ce soir.

Maintenant, comme prévu, sans plus attendre :

---

est resté un ami fidèle durant toute sa vie, lui avançant de l'argent, se portant garant pour des emprunts et l'encourageant sans cesse à dompter ses démons et à écrire. Il est reconnu que Maxwell Perkins a été un lecteur précieux lors de la rédaction de *Gatsby*. C'est par son intermédiaire que Fitzgerald a fait la rencontre d'Ernest Hemingway en 1926.

1. Spectacle écrit par Samuel et Bella Spewack, monté à Broadway en 1935. Un film en sera tiré en 1938 par Lloyd Bacon, avec James Cagney.

2. Club dînatoire très prisé à New York, fondé en 1934 par la famille Rockefeller. Situé au soixante-cinquième étage du Rockefeller Center, il jouit d'une vue imprenable sur la ville. Toute l'élite new-yorkaise s'y retrouve.

3. Mensuel américain pour hommes, créé en 1933. D'importantes figures littéraires, comme Fitzgerald ou Hemingway, y ont publié des nouvelles.

Voir ta mère et Annabel[1] le lundi 6.

Voir Mme Owens[2] et faire mes valises mardi 7.

Partir pour la Caroline du Nord le mardi 7.

Je descendrai probablement au Grove Park Inn ou peut-être à Tryon[3] si Carter ou Lefty y sont. Au besoin, Mme Owens aura toujours mon adresse.

Parle donc de mon manque de discrétion ! Doux Jésus, tu t'es répandue sur Mlle Walker[4] dans tous les États du Maryland et de Virginie, alors que je t'avais demandé de ne rien dire ! Mais laisse-moi te faire confiance encore une fois. J'ai envie de voyager à l'étranger cet été, même si cela ne doit être que pour quelques semaines au mois d'août. Il est de la plus haute importance que ta mère n'en sache rien. Si tu en parlais à Tante Rosalind[5], ou à qui que ce soit, sur ton camp de vacances, même à Peaches[6], tu ruinerais tout simplement notre projet de faire une traversée de quelques semaines et de revenir avant que quelqu'un se soit aperçu de notre départ. Je suis vidé et j'ai besoin de changer d'air. Tout

1. Annabel Fitzgerald est la sœur cadette de Scott, née en juillet 1901.

2. Allein Owens a été la secrétaire de Scott de 1932 à 1937.

3. Petite ville de Caroline du Nord où se sont établis les amis des Fiztgerald, Nora et Maurice « Lefty » Flynn. Scott et sa fille s'y sont rendus pour la première fois en février 1935.

4. Ethel Walker a fondé en 1911 l'Ethel Walker School à Simsbury, dans le Connecticut. Scottie y fait ses études.

5. Rosalind est la sœur de Zelda.

6. Peaches Finney est une très bonne amie de Scottie, de Baltimore.

dépend de facteurs dont je n'ai pas la maîtrise ; quoi qu'il advienne, en toutes circonstances, n'en parle pas.

Je t'aime, mon petit diable égoïste, et tant que tu resteras consciencieuse et honnête, tu pourras toujours compter sur

Ton dévoué

Papa

Grove Park Inn
Asheville (Caroline du Nord)

Jeudi 16 juillet 1936

Pie chérie,

Juste pour te dire que je suis ici (cela fait six jours et je me sens déjà requinqué). Bien que je travaille dur, j'ai trouvé le temps de voir Maman deux fois : une fois pour l'emmener à Hendersonville[1] voir Mme Sayre[2], une autre fois pour visiter les Flynn et leur nouvelle maison qui est tout à fait grandiose.

J'ai fait de la natation et suis bronzé au point que tu ne me reconnaîtrais pas : deux fois à Oregon[3] et deux fois ici dans deux piscines différentes emplies de jeunes filles et de jeunes hommes des plus séduisants. C'était ma deuxième baignade en deux ans et la première de ta mère en un an et demi. Je pense que tu te serais plu ici – il doit faire au moins aussi frais que là où tu es[4], à moins que vous ne soyez

1. Hendersonville est une ville de Caroline du Nord située à trente-cinq kilomètres au sud-est d'Asheville.

2. Minerva Sayre (née Machen), aussi dénommée Minnie (1860-1958), est la mère de Zelda.

3. Oregon Inlet occupe la frange nord des Outer Banks, consistant en un chapelet d'îles de la Caroline du Nord : Bodie Island, Roanoke Island et Hatteras Island.

4. Scottie est en colonie de vacances.

frappés par la vague de chaleur en Pennsylvanie ? La semaine prochaine je dois me rendre dans le Nord pour quelques jours afin de prendre des dispositions au sujet de ma mère. (Tu n'ignores pas, n'est-ce pas, que nous l'avons de nouveau fait admettre dans un hôpital, elle est très affaiblie.)

Nos plans pour l'Europe sont pratiquement tombés à l'eau, car ta mère va bien mieux, et je ne vois pas comment je pourrais me permettre de perdre une seule semaine de travail cet été. Souhaiterais-tu passer le mois d'août ici[1] ? C'est montagneux et aussi frais qu'en Nouvelle-Angleterre – ne confonds pas l'endroit avec l'Alabama, la Virginie ou le Maryland.

À propos de l'école, rien n'est encore décidé, mais pas d'inquiétude, laisse-moi m'en occuper. En ce qui concerne tes cours particuliers, je ne veux pas avoir l'air d'insister, mais s'il y avait une vraie Française, j'aimerais mieux. Sinon ce serait bien de travailler quelque peu, soit ton latin, soit tes mathématiques ; en fin de compte, nous ne l'avons jamais décidé.

Ta mère paraît rajeunie de cinq ans, elle est plus jolie et a cessé ces stupides prières en public et tout le reste. Peut-être reviendra-t-elle malgré tout à son état d'avant.

---

1. Scott est installé à Asheville. Depuis 1936, Zelda est internée au Highland Mental Hospital of Asheville.

Les choses ont l'air moins noires qu'elles ne l'étaient l'hiver et le printemps derniers.

Je t'aime.

Papa

P.S. : Dis à tes camarades de tente qu'il te faut être fouettée avec des serpents une fois par semaine, mais rien de plus.

TO: Scottie Fitzgerald | *Princeton University*

Grove Park Inn,
Asheville, N. C.,
July 31, 1936.

Darling,

I am enclosing in this some pictures that tell a sad story. I had a terrific accident and broke my shoulder. I thought I would be very smart and do some diving and after a year and a half of inactivity I stretched my muscles too much in the air and broke my shoulder. It has all been very troublesome and expensive but I have tried to be as cheerful as possible about it and everyone has been very kind; the people here have rigged up a curious writing board for me so that I work with my hand over my head rather like this.

I enclose money for your present small needs. It may be that that the expenses of this injury will preclude your going to an expensive school this fall but life sometimes does those things to you and I know you are brave and able to adjust yourself to changing conditions and to know that all the effort that I have will be thrown into your education and the care of your mother. If I had not had this operation on my shoulder the doctor tells me I would never have been able to raise my arm above my shoulder again. It is still an open bet as to whether or not I will ever be able to raise it above my shoulder.

I am proud of you and I am only a little angered by the fact that you have not managed to read more than one of the French books.

Sunday night I leave for Baltimore and you can write me either there care of Mrs. Owens or here where I am returning. Isn't it lucky I did not go to Spain after all! Or maybe it would have been rather fun.

Your loving Daddy

Grove Park Inn
Asheville (Caroline du Nord)

Juillet 1936

Chérie,

Je crains que les bonbons n'arrivent sous la forme d'un ramassis de glucose si je te les envoie durant cette vague de chaleur. Aussi achète-les toi-même ou trouve quelqu'un pour s'en procurer à Dartmouth.

Journée très fatigante. Au milieu de mon histoire, voilà qu'arrive un télégramme d'Hollywood, d'un agent qui veut prendre une option sur les droits parlants de *This Side of Paradise*[1] pour les revendre à un gros studio. (Paramount possède ceux du muet, mais ils ne s'en sont jamais servis.) Question : combien vais-je lui demander ? Si je ne lui réclame que quelques milliers de dollars et qu'il les revend pour une somme considérable, je vais me sentir floué, mais si je demande trop, il ne sera plus intéressé. Je ne veux pas y mêler Ober car cela ferait deux commissions d'agent.

Nous avons obtenu sept mille cinq cents dollars juste pour les droits du film parlant de *Gatsby*, mais

1. *L'Envers du paradis*, premier roman de Fitzgerald, publié en 1920.

comme c'est aussi une pièce de théâtre[1], ça m'avait déjà rapporté soixante mille pour les droits du muet[2] alors que *Paradise* ne m'a valu que dix mille pour les mêmes droits. Je pense que je vais demander cinq mille dollars. Ces sales types ! Je suis trop fatigué pour y réfléchir ce soir. J'aurais aimé ne pas être un homme d'affaires aussi nul et qu'Ober ne soit pas un si parfait gentleman. Il faut être une canaille pour traiter avec des vermines pareilles.

Je ne vois pas pourquoi je t'inflige cela. Parle-moi plutôt de tes leçons de français (ou de maths ou de latin). Félicitations pour ton plongeon arrière carpé, c'est un joli saut. Je pense à toi constamment, et s'il m'arrivait de prier, ce serait pour demander que les provocations, les agacements et les coups de colère de l'hiver dernier ne gâchent pas la vieille confiance réciproque que nous avions.

Bonne nuit Scottina chérie,

Papa

---

1. *The Great Gatsby*, adaptation pour le théâtre d'Owen Davis, jouée pour la première fois à l'Ambassador Theater de New York dans une mise en scène de Georges Cukor, avec James Rennie et Florence Eldridge.

2. *The Great Gatsby* (*Gatsby le Magnifique*), film muet de 1926 réalisé par Herbert Brenon, tiré de l'adaptation théâtrale d'Owen Davis, interprété par Warner Baxter, Lois Wilson et William Powell.

Grove Park Inn
Asheville (Caroline du Nord)

20 octobre 1936

Scottina chérie,

J'avais décidé d'aller te voir pour le Thanksgiving Day et je compte bien le faire, si Dieu le veut ; j'ai donc, comme tu l'as suggéré, abandonné mon projet d'aller te voir pour ton anniversaire. Tu me parais comprendre que je ne peux suffire en ce moment aux frais de deux voyages en un mois ; donc je sais que tu ne seras pas trop déçue.

Pour en finir avec ce qui me concerne, mon bras est vraiment guéri et pour de bon ; je vais pouvoir m'en servir de nouveau, ce dont j'ai douté pendant trois ou quatre semaines. Suis allé voir un match de football avec les Flynn[1] samedi dernier : exactement la même qualité de jeu qu'à celui que nous avions vu l'automne dernier à peu près à la même époque ; Lefty très bien comme d'habitude et Nora toujours charmante. Ils ont demandé de tes nouvelles à plusieurs reprises, non par simple politesse, mais parce qu'ils t'aiment vraiment, l'un et l'autre, j'entends. Ils étaient si heureux d'apprendre que tu te plais tant à l'école !

---

1. Voir la note 3, page 42, de la lettre du 4 juillet 1936.

Que je te confirme en bref mes projets pour la Noël : nous aurons une réception pour toi à Baltimore, à l'Hotel Belvedere ou au Stafford, si nos moyens nous le permettent ! Nous passerons la journée de Noël, soit ici avec ta mère (ce sera autre chose que ce sinistre Noël que nous avons passé en Suisse) ou bien toi, ta mère et son infirmière irez à Montgomery pour la Noël avec ta grand-mère ; après quoi tu iras passer quelques jours à Baltimore avant la rentrée des classes.

Ne sois nullement découragée parce que le conte que tu as écrit n'est pas excellent. Pourtant je n'ai nulle intention de t'encourager à écrire, car, après tout, si tu veux te lancer dans la bagarre, tu devras sauter tes propres obstacles et apprendre par expérience personnelle. Nul n'est jamais devenu écrivain en se bornant à le désirer. Si tu as quelque chose à dire que tu sens que personne n'a jamais dit avant toi, tu devras en être obsédée au point de trouver pour l'exprimer une manière, des mots que personne avant toi n'a trouvés, de sorte que ce que tu as à dire et ta façon de le dire forment un tout homogène, aussi indissoluble que s'ils avaient été conçus en même temps.

Permets que je prêche un peu une fois encore : ce que je veux dire, c'est que nos sentiments et nos pensées trouvent d'eux-mêmes un style neuf, si bien que, lorsque les gens parlent de ton style, ils s'étonnent toujours de sa nouveauté, parce qu'ils croient ne parler que de ton *style*, alors qu'en fait ils parlent de ton effort pour exprimer une idée neuve avec une vigueur telle que l'expression est aussi originale que la pensée. C'est là un travail où l'on se sent terriblement seul et, tu le sais, je n'ai jamais souhaité t'engager à l'entreprendre, mais si tu tiens à le faire, je veux que tu l'abordes sachant certaines choses que j'ai mis des années à apprendre.

Pourquoi pleurniches-tu à propos du travail en étude, etc., alors que c'est toi qui as choisi cette école[1] de préférence à toutes les autres ? C'est dur, certes. Rien n'a de valeur qui ne soit pénible et, tu le sais, nous ne t'avons jamais élevée dans du coton ; à moins que, tout d'un coup, tu ne veuilles me décevoir. Ma chérie, tu sais combien je t'aime.

J'entends qu'en toute chose tu te montres digne de ce que, depuis toujours, j'ai rêvé pour toi.

Scott

---

1. L'école Ethel Walker est réputée pour la rigueur de sa discipline.

1937

[Dans l'avion en route pour Hollywood.]

5 juillet 1937 *[cachet de la poste]*

Pie chérie,

Quel départ ! On a failli casser du bois ; rien n'aurait pu tourner sur cette piste d'envol sinon une Ford T[1]. Désolé de vous avoir laissées au milieu d'un tel désordre, toi et Mémé.

Le voyage en avion a été merveilleux, très palpitant comme toujours. Je t'adresse ce mot chez les Ober où je suppose que tu es à présent. D'autre part, quand tu le recevras, j'aurai eu des nouvelles des MacArthur, mais je sais que tout ira bien de ce côté-là. Ce sera formidable de t'avoir avec moi à Hollywood. Je sais que Freddie Bartholomew sera enchantée de t'emmener aux sauteries d'anniversaires l'après-midi ; tu trouveras en Shirley Temple une aussi bonne copine que Peaches, et plus sûre.

Où diable as-tu pris cette idée que tu me parais dévergondée ? Sans doute es-tu romanesque, mais ce n'est pas un défaut. Je ne vois pas de mal à ce que tu apprécies les hommages, mais pas pendant que tu conduis. Je ne veux absolument pas te savoir en danger, ni que tu fasses quoi que ce soit d'inconvenant pour une jeune fille. Les aventures de jeunesse se paient terriblement cher. Je te l'ai déjà dit :

1. Modèle sorti peu après 1900.

tous les types que j'ai connus ivrognes à dix-neuf ans sont à présent à l'abri dans leur tombe. Les filles de seize ans, que, dans notre argot de l'âge de pierre, nous appelions « dessalées », ont dû se contenter de partis quelconques quand elles ont été en âge de se marier. Il est dans la logique de la vie que les jeunes personnes ne sauraient éluder les conséquences de leur excès. Elles trompent leurs parents, mais pas leurs camarades. Il était écrit que Ginevra King[1] serait mise à la porte du collège de Westover, et aussi que ta mère serait usée avant l'âge. Je crois qu'en dépit de notre penchant commun pour le plaisir, nous avons, toi et moi, un certain fonds de sérieux qui, en fin de compte, doit nous protéger. Quelles que soient tes fautes, j'espère que tu n'en viendras jamais à tenter de les justifier à tes propres yeux.

Bien tendrement,

Papa

1. Premier amour de Fitzgerald. Cette idylle a duré de 1915 à 1917 avant de mal se terminer. Ginevra King était la fille d'un riche financier de Chicago. Elle a servi de modèle à bien des personnages féminins de l'œuvre de Scott. Le plus célèbre : Daisy Buchanan, héroïne de *The Great Gatsby*. L'une des phrases cultes du roman aurait été inspirée par une réflexion que l'on attribue à Charles King, le père de Ginevra : *« Poor boys shouldn't think of marrying rich girls. »* (« Les garçons sans argent ne devraient pas songer à épouser des filles riches »).

21 septembre 1937

Ton télégramme vient de tomber, que diable s'est-il donc passé ?

Écris-moi, s'il te plaît ![1]

Cher Pa,

Comment es-tu ? Nous sommes en train d'accompagner Dick[2] jusqu'à Exeter. Je suis *très* triste à l'idée de retourner à l'école ; Mme Ober n'a toujours pas reçu de courrier concernant les leçons particulières. Je suis vraiment malheureuse car Bobby Thomas m'avait invitée au match Princeton contre Yale ! Pour ton anniversaire, je rédige une histoire inspirée d'un fait réel et tout entière à propos d'un bracelet (ouah, quelles formules !...)

Hollywood me manque épouvantablement mais j'en ai tellement par-dessus la tête d'en parler que je pourrais hurler[3] ! Devine, les Harvey étaient prêts à me convier à une fête dans cette

1. Note à la main de Scottie écrite en gros caractères.

2. Dick est le fils d'Harold Ober, qui commence sa première année à l'école d'Exeter, Phillips Exeter Academy, dans le New Hampshire.

3. Scottie a rendu visite à son père à Hollywood durant l'été. (Voir la lettre du 5 juillet 1937.)

maison de Fischer Island ! La vie est navrante, pour moi, c'est décidé. Je t'enverrai les photos dès qu'elles seront tirées.

Lots of Love,

Scottie

The Exeter Inn
Exeter (New Hampshire)

22 septembre 1937

Cher Pa,

Juste un mot d'Exeter pour te faire savoir que nous partons ce soir pour Boston et que nous irons probablement rejoindre Helen[1] qui y joue en ce moment. Demain nous débutons le voyage de retour ; nous passerons par New Haven pour compenser le fait que je n'en ai rien vu lors de mon match de football. Vendredi je déjeune avec Mary Earle[2] et lundi avec Tante Rosalind. Les cours reprennent mercredi et je vais vraisemblablement monter en voiture avec Sally Page.

De ta vie tu n'as jamais vu autant de garçons ! La plupart sont des morveux, à peine âgés de plus de seize ans, certains sont aussi divins que les gars de Princeton. Je me réjouis que Walker[3] ne soit pas une école aussi vaste et aussi coincée que celle-ci.

JOYEUX ANNIVERSAIRE ! Je cogite à plu-

---

1. Helen Hayes (1900-1993), actrice et amie de Scott Fitzgerald, a accompagné Scottie à Hollywood en 1937. Elle a reçu l'oscar de la meilleure actrice en 1931 pour *The Sin of Madelon Claudet* (*La Faute de Madelon Claudet*), et l'oscar de la meilleure actrice dans un second rôle en 1970 pour *Airport'75*.

2. Amie de Scottie.

3. L'Ethel Walker School.

sieurs idées pour ton cadeau, alors prends patience, ça va finir par arriver. Quel âge as-tu, quarante et un ? Espérons que cela ne te vaut pas un coup de cafard.

Je n'ai vraiment pas grand-chose à te raconter ; si ce n'est que je suis entrée dans ma déprime habituelle post-Baltimore, mais elle est moins sévère que d'habitude car j'ai quand même eu le temps de revoir tous ceux que je connaissais bien, et puis ils ont tous rejoint leurs écoles, eux aussi. Bobby T. m'a invitée à Annapolis, mais cela ne m'arrange pas à cause de la soirée à Princeton. Je crois que je ferais mieux de m'ôter cela de la tête.

Ton télégramme m'a inquiétée. J'espère que rien de désolant n'est arrivé. Je n'ai même pas vu Mme Swann, Dieu merci, car sinon je serais sûrement encore en train de lui parler.

Bon, d'ici une semaine, je serai en proie aux affres du désespoir. Je te promets de travailler dur et de travailler dur, vraiment, cette fois. S'il te plaît, écris-moi !

Lots of Love,

Scottie

P.S. : Dis bonjour aux MacArthur pour moi.

Scarsdale (N.Y.)

27 septembre 1937
Lundi matin

Cher Papa,

Toujours pas de mot de toi, je commence à être très inquiète. T'ai-je contrarié, ou quoi ? S'il te plaît, écris.

Je reviens à peine d'un week-end à Long Island chez Mary Earle. Nous avons désespérément essayé de profiter de nos derniers moments de bon temps avec panache. Je me suis arrangée pour arpenter dix-huit trous avec un *excellent* score de 144 ! Nous sommes aussi allées à une fête sur la plage et avons fait cuire des hamburgers sur un feu dans le sable. Cependant, je ne suis pas très friande de ce genre de choses, telles que « des voiliers sous le clair de lune », « les tonnelles de roses et de magnolias », « les sérénades susurrées d'une voix douce ». Ça se veut tellement romantique. Je pense quant à moi que le vrai romantisme, c'est à trouver dans les cuisines pleines de cafards, les arrière-cours, ce genre de choses.

J'ai pas mal dépensé d'argent durant mon trajet de retour d'Exeter ; bien entendu je me suis toujours acquittée de ma part et ai invité quelquefois Mme Ober. En outre, lorsque nous avons fait les comptes ensemble, j'ai oublié de te mentionner que j'avais besoin de pyjamas en flanelle et de chaussons ; je vais tirer de l'argent au bureau[1] – c'est d'accord ? Ce qu'il me restera, je le donnerai à l'école pour les bonnes œuvres et les trucs de Noël. Tu sais bien.

Meredith[2] m'a téléphoné de Baltimore hier au soir. Nous sommes passés par New Haven au retour d'Exeter et avons jeté un bref coup d'œil à Yale. C'est certes charmant et j'adore le calme des cours intérieures, mais je préfère toujours Princeton. Harvard, c'est un vrai foutoir d'après moi, et pourtant, ces pierres jaunes répandent quelque chose de gai et de profond. Peut-être est-ce la raison pour laquelle Bryn Mawr[3] est bâti pareillement.

Honnêtement, je reconnais qu'il n'y a rien de pire au monde qu'un cadeau qui n'arrive pas à temps et je ne vais pas essayer de me trouver d'excuses, sois juste patient, s'il te plaît.

Mary et moi partons jeudi à onze heures car je n'ai pas à être à l'école avant dix-sept heures. Je suis très excitée à l'idée d'y retourner, cela va me faire un drôle de changement d'être une élève de dernière année. Demain je vais chez le dentiste pour une visite de routine et je passerai la soirée avec Tante Rosalind.

Peux-tu croire à pareille coïncidence ? La meilleure amie de Peaches à Clatham et ma camarade

1. Le bureau de l'American Express.
2. Nièce de Scott.
3. Université de filles en Pennsylvanie.

de chambre se nomment toutes les deux Sally Smith ! Peaches, elle, déteste la fille avec qui elle fait chambre commune, c'est l'héritière de la Elgin Watch Company[1], elle est snob et vaniteuse.

J'ai trouvé un remède pour tous les maux de la société, et c'est de limiter les héritages à un million de dollars. Qu'en dis-tu, mon ami ?

La robe que j'ai achetée est en imprimé écossais, avec la jupe plissée, le col blanc et des manchettes. Mais c'est affreux, en fait, car ceux qui me voient passer crient aussitôt « Hé, Scottie[2] ! » et, évidemment, je me retourne en pensant qu'il s'agit de quelqu'un que je connais. Hier, j'allais prendre le métro de Brooklyn pour revenir de chez Mary lorsqu'un garçon a dansé une gigue écossaise sous mon nez et, bien que je l'aie pris de haut, il ne s'est pas interrompu, a lancé des cris d'Indien et hurlé « Hoot Mon[3] ! » Grâce au ciel, le métro est arrivé.

Bon, voilà pour les nouvelles. Je suis en ce moment en ville pour me faire coiffer. Tout le monde te salue.

S'il te plaît, écris.

Des tonnes d'amour,

Scottie

---

1. Elgin Watch Company (National Watch Company) est une manufacture horlogère fondée en 1864.

2. Jeu de mots avec son diminutif Scottie et Scotland.

3. Vieille expression écossaise utilisée par Shakespeare, dans *Macbeth*. Équivalent en anglais à *Yo Dude !*

Ethel Walker School
Simsbury (Connecticut)

1er octobre 1937

Cher Papa,

Je dis toujours que rien ne vaut la fidélité, mais ce motif[1] n'est-il pas adorablement ronflant ?

Il y a des douzaines de nouvelles filles qui circulent ici et toutes crèvent de peur devant nous, les aînées de dernière année. J'ai eu la chambre que j'avais demandée, n'est-ce pas géant ? La première chose que nous avons faite fut d'investir le boudoir des dernières années et de sauter sur les canapés. Finalement nous avons atteint cet étage sacré !

J'étudie Cicéron, l'anglais, la physique et l'allemand. Sache-le, seulement trois filles dans notre classe ont obtenu des résultats aussi bons que les miens aux examens – sympa ? Nous avons la meilleure chambre de la maison, pile sous le porche principal.

Tu m'as parlé une fois d'un cadeau d'anniversaire. Sais-tu ce que je souhaiterais recevoir plus que tout ? Vingt-cinq dollars pour rembourser les vingt-cinq dollars que j'ai dépensés alors que je n'aurais pas dû. Treize dollars pour m'être fait photogra-

---

1. La lettre est rédigée sur une feuille à en-tête de la prestigieuse université de Yale.

phier et douze pour une permanente. Les deux m'ont semblé indispensables, aussi je ne vois pas où tu trouverais à t'affliger. Puis-je les avoir comme cadeau d'anniversaire, s'il te plaît ? Je dois les treize dollars à Tante Rosalind, peux-tu lui expédier un chèque ? Je t'en serais reconnaissante pour les siècles des siècles.

Comment va Hollywood ? On m'en a tant fait parler que ça m'a donné le cafard. Tout le monde a aussi fait des trucs formidables, comme un tour du globe ou visiter un ranch et bien d'autres choses.

Bon, voilà la cloche qui a sonné ; donne à tous le bonjour de ma part. T'ai-je raconté que j'étais allée voir H. Hayes[1] à Boston ? Elle m'a dit avoir reçu une merveilleuse lettre de toi.

Avec tout mon amour,

Scottie

---

1. Helen Hayes.

Garden of Allah Hotel
Hollywood

8 octobre 1937

Ma chère Pie,

Ce télégramme m'a bien ennuyé. J'ai reçu une lettre de Bill Warren : il me dit que, dans tout Baltimore, on raconte que je gagne ici deux mille cinq cents dollars par semaine, ce qui m'a inquiété et bouleversé. Je suppose que c'est là une invention de Rita Swann. Je ne sais pourquoi je t'ai soupçonnée. J'aurais dû savoir que tu serais plus discrète ou du moins que tu lancerais un chiffre vraisemblable. Tu vois quelle réputation tu m'as faite avec tes contes romanesques !

Quant à tes trois jours d'absence, je ne te blâme pas pour ça non plus. Le pis est qu'Harold Ober ne savait pas davantage où tu étais. Si tu lui avais télégraphié plutôt qu'à ta tante Rosalind, tout aurait été parfait. Cependant je n'ai connu qu'une heure vraiment pénible, car je me fais moins de mauvais sang à ton sujet qu'autrefois. Par contre j'ai vraiment été très ennuyé que tu aies fumé l'été dernier ; toutefois ta promesse de ne pas fumer chez Peaches m'a rassuré ; d'autre part, peu m'importe avec qui tu sors, à condition que tu rentres à des heures convenables et *n'en fasses pas une habitude*. À partir de l'été prochain, tu pourras peut-être jouir de plus de libertés, mais je ne veux pas qu'elles deviennent des habitudes tyranniques qui t'absorbent à l'excès. Il faut donner la meilleure part et la plus neuve de ton énergie à des choses qui te permettent de te préparer une existence heureuse et utile. Plus tard, il serait trop tard.

Rien de particulier à t'apprendre ; ici calme complet. J'ai eu l'honneur – discutable – d'être présenté à X..., un type au regard fuyant, flanqué de ses gorilles. Norma Shearer m'a invité à dîner à trois reprises, mais je n'ai pu accepter ; je le regrette car je la trouve sympathique. Peut-être m'invitera-t-elle de nouveau. J'ai aussi entrevu Buff Cobb, la fille d'Irving Cobb, un vieil ami, et Sheilah[1] qui, soit dit en passant, a rompu ses fiançailles avec le *marquise* Donegal. (Le pauvre homme était sur le point d'embarquer ; de toute façon, c'eût été un mariage stupide à maints égards.) En outre j'ai vu quantité de matchs de tennis et assisté à la rentrée d'Helen Wills[2] avec von Cramm pour partenaire ; ils ont battu Budge et sa partenaire. Emmené Beatrice Lillie, Charlie MacArthur et Sheilah au Tennis-Club l'autre soir ; Errol Flynn s'est joint à nous : il m'a paru très gentil, mais un peu sot et plein de lui-

1. Sheilah Graham Westbrook (1904-1988), journaliste à Hollywood, qui fut l'amie et l'élève de Fitzgerald de 1937 jusqu'à sa mort. Elle a immortalisé son idylle avec lui dans son autobiographie, *Beloved Infidel*, best-seller adapté au cinéma en 1952 par Henry King, avec Gregory Peck dans le rôle de Fitzgerald et Deborah Kerr dans celui de Sheilah (le film est sorti en France sous le titre *Un matin comme les autres*).

2. Gagnante de la coupe Davis en 1929.

même. Je ne vois pas pourquoi Peaches le trouve si séduisant. Frank Morgan est venu vers moi pour me rappeler que nous nous étions battus au vestiaire chez Gloria Swanson il y a dix-sept ans ; je n'ai gardé aucun souvenir de cet incident, sinon que je me suis colleté avec quelqu'un. Mais, dans ce temps-là, on se bagarrait si souvent que j'avais oublié mon empoignade avec Morgan.

J'espère que tu as réfléchi à la méthode que je t'ai conseillée pour devenir ordonnée : si pendant une semaine tu rangeais chaque chose séparément, *dès que tu as fini de t'en servir*, au lieu de vouloir ranger trois choses à la fois, je crois que, au bout d'un mois, tu en prendrais l'habitude et que la vie te paraîtrait plus facile à maints égards. *Ne manque pas de me dire ce que tu en penses dans ta prochaine lettre.*

Je viens de relire les précédentes afin d'y répondre dans l'ordre où je les ai reçues : très gentil de la part de Peaches de réunir une bande d'amies en ton honneur ; suis heureux d'apprendre que Stanley est beau comme un dieu et désolé de savoir qu'Andrew est repoussant. Je suis content que tu soies sortie avec ce bourreau des cœurs, Bob-le-Boulanger. Bob Haas s'est-il montré gentil ? Ta lettre suivante est datée d'Exeter. Désolé que tu ne puisses aller à Annapolis : tu y seras invitée une autre fois. J'ai ici une carte postale pleine de reproches qui m'ont été au cœur ; je me demande comment diable ma lettre a pu s'égarer : je l'ai postée à l'aéroport de Spartanburg ce soir-là. Ainsi tu rêves encore de cette sauterie à Fisher's Island !

Dans une autre de tes lettres, il est question d'un séjour chez Mary Earle à Long Island. Voilà qui me paraît séduisant ; mais tu as raison de dire qu'en réalité les événements romanesques ont lieu dans les cuisines à cafards et les courettes : les clairs de lune sont très surfaits. Tu as bien fait d'emprunter de l'argent à Harold : ville mettra à mon compte. Meredith t'a donc téléphoné de Baltimore ! Ne crains-tu pas de remuer les cendres du passé ? Ton infidélité à Princeton[1] me navre. J'ai envoyé à Andrew des entrées pour le match de football. D'après ce que tu me dis de ta robe, elle doit être ravissante, ma mignonne.

Enfin je réponds à ta lettre avec l'en-tête de Yale. Je parie que tu as acheté ce papier-là ! Ça me rappelle ce qui m'est arrivé hier. C'est sur ce genre de papier, mais avec l'en-tête de Princeton qu'au cours de mes deux années d'étudiant j'écrivais d'interminables lettres à Ginevra King, à Chicago et à Westover, cette Ginevra dont j'ai fait plus tard l'une de mes héroïnes dans *L'Envers du paradis.* Après quoi je ne l'ai plus revue pendant vingt et un ans, bien que je lui aie télégraphié en 1933 pour lui demander de recevoir ta mère à l'occasion de la Foire internationale de New York, ce qu'elle a fait. Voilà qu'hier elle me télégraphie qu'elle est à Santa Bar-

1. Tout jeune, Fitzgerald avait décidé qu'il irait à cette université, où il entra en septembre 1913 mais qu'il quitta prématurément fin décembre 1915. Il a toujours regretté de n'y avoir pas achevé ses études supérieures.

bara et me demande d'aller l'y retrouver immédiatement. Elle a été mon premier amour, et jusqu'à ce jour je suis demeuré fidèle à ma promesse de l'éviter pour conserver intacte cette illusion : dans un moment d'indifférence totale et de mortel ennui, elle avait fini par m'envoyer promener. Je me demande si je dois répondre à son appel. Ce serait très, très curieux. Ces très belles femmes sont souvent méconnaissables à trente-huit ans, mais Ginevra possédait bien d'autres dons que la beauté.

J'espérais qu'on créerait pour toi un cours supérieur de français : n'a-t-on rien fait à ce sujet ? Mlle Walker m'en avait parlé dans sa lettre. L'étude de l'allemand me paraît sans grand intérêt pour toi, mais que cela ne t'incite pas à la négliger. Le peu d'allemand que tu sauras pourrait s'avérer utile, surtout si nous allons passer quelques semaines en Europe l'été prochain.

J'envoie les treize dollars à Tante Rosalind.

Que veux-tu pour ton anniversaire ? Tu pourrais suggérer quelque chose.

Je pense beaucoup à toi. Je me suis senti si fier de toi l'été dernier, et je crois que nous avons été très heureux ensemble. Ta vie m'a semblé plus réglée et je ne regrette pas que tu aies eu un avant-goût du malheur pendant ma longue maladie, mais à présent nous allons pouvoir faire plus de choses tous les deux… quand tu ne pourras pas trouver de meilleur compagnon. Tiens, voilà qui va te froisser !

Je t'adore, ma chérie. À la Noël !

Ton Papa qui t'aime

Ethel Walker School
Simsbury (Connecticut)

Samedi 9 octobre 1937

Cher Papa,

À peine ce sanctuaire béni réintégré, j'ai été nommée à la tête du comité en charge du *Old Girls Show*[1], et c'est un sacré job. Je suis toujours dans la mélasse ; nous sommes déjà samedi soir et ton cadeau d'anniversaire traîne encore ici[2]. Nous avons troqué l'allemand contre un peu d'histoire américaine ; j'apprends maintenant le nom de ces abominables explorateurs, comme une élève de quatrième. Cela me renvoie aux années de Montgomery.

Pourquoi ne m'écris-tu plus ?

Grâce à mon battage, tout le monde lit *Taps at Reveille*[3] et raffole de Josephine[4].

Être une élève de dernière année, c'est le paradis absolu. Les nouvelles filles nous sont complètement soumises, nous avons la préséance sur tout et personne n'est là pour nous dire de la boucler ; tou-

1. Le « Spectacle des vieilles filles ».

2. L'anniversaire de Scott était le 24 septembre.

3. Recueil de dix-huit nouvelles de Francis Scott Fitzgerald publié en 1935.

4. La nouvelle intitulée « Josephine » présente une héroïne de seize ans, belle, inconstante et impitoyable.

tefois, je dois faire aussi toutes ces choses affreuses : le livre de fin d'année, les Rayons du Soleil, organiser la Sun Party (mon idée n'a pas été retenue, mais nous en extrairons les blagues. Nous avons décidé qu'un bal ferait meilleur effet, et la présidente a eu plein d'excellentes idées), sans omettre mes tentatives pour incorporer l'équipe de hockey.

Plus que soixante-dix-sept jours d'ici Noël. Je suis toujours sur la brèche. Les photos ne sont pas arrivées, mais j'espère qu'elles sont jolies. En veux-tu une ?

Comment ça va, à Hollywood ? Cherches-tu une maison ?

Lots of Love,

Scottie

Ethel Walker School
Simsbury (Connecticut)

24 novembre 1937
Mercredi soir

Cher Papa,

J'attends Noël avec une telle impatience que je pourrais en mourir ! Tous ces catalogues que l'on rencontre partout et tous ces gens qui ne parlent que d'habits, de soirées dansantes, etc. Maman écrit que nous pourrions nous rendre à Tryon. Ruth m'a dit que j'allais vraiment adorer car on s'y amuse comme des fous. Et, cette fois, particulièrement parce que son frère emmène avec lui un copain de Princeton ; même si tous les garçons de Princeton m'ont toujours déçue, je me dois de leur accorder encore une chance. À propos de Maman, il me faut te dire que j'ai été très étonnée de découvrir sur son enveloppe un cachet postal de la Floride, sans même un mot d'explication. Imagine ce que tu ressentirais si tu voyais sur un de mes courriers un cachet de St Louis ou quelque chose dans le genre ? En tout cas, ça a l'air géant d'être en Floride.

Conquest[1] s'est fait descendre par la critique, bien

1. *Marie Walewska*, film américain de 1937, avec Greta Garbo (Marie Walewska) et Charles Boyer (Napoléon), réalisé par Clarence Brown.

que tout le monde prétende que c'est formidable. Je parie que M. MacArthur doit être amer, mais alors est-ce que la faveur du plus grand nombre ne compte pas assez à ses yeux ?

Je travaille de mieux en mieux et je pense m'en tirer assez bien aux examens. Enfin j'espère... j'espère... j'espère... Ce qui me fait penser que Maman m'a dit que tu pourrais venir sur la côte Est le 15, mais pour quel motif ? Avec ton accord, je passerai la nuit chez Mary à Brooklyn le 17. Accessoirement, la soirée du Triangle Club[1] de Princeton se tiendra à New York les 17 et 18, et à Baltimore le 21 ; mais le seul jour où je dois être pour de bon à Baltimore est le 22, et Peaches m'a proposé de passer la nuit chez elle. Je n'ai *nullement* besoin de vêtements, hormis un manteau chaud et un chapeau, une robe du soir, une robe en velours, une pelisse et des chaussures. Je n'ai non plus rien de précis à faire sinon d'acheter des cadeaux de Noël pour tout le monde et de me rendre à un thé dansant samedi 18 avec le garçon de Groton[2], Sally Page, et un élève de l'université de Colgate[3], peu séduisant,

1. Le Triangle Club est une troupe de théâtre de Princeton qui écrit, met en scène et interprète tous les ans une comédie musicale originale. Lors de son passage à Princeton, Fitzgerald a collaboré au spectacle de 1914. Il s'y est tellement investi qu'il lui sera demandé de redoubler sa troisième année.

2. Groton School, école de garçons fondée en 1884, située à Groton, dans l'État du Massachusetts.

3. Colgate University est située dans le comté de Madison dans l'État de New-York.

dit-on. Je dois aussi aller me faire photographier pour le livre de fin d'année, tu seras content d'apprendre que ces clichés d'un quart de page sont gratuits, alors même qu'une bonne douzaine de personnes tenteront de nous les vendre pour vingt-cinq dollars pièce. Enfin j'irai voir *Women*[1], même si ce doit être la dernière chose que je puisse faire. Tu dois sûrement être sonné après cette longue tirade mais, comme tu peux le voir, tout ceci est très prenant.

Demain c'est Thanksgiving et nous allons au Farmington Club[2] pour voir Peggy M. Au fait, Peaches est devenue l'héroïne de Chatham ; au cas où tu ne le saurais pas, elle a obtenu le rôle principal de *La vieille dame sort ses médailles* de J. M. Barrie et a laissé son public en émoi.

Lorsque je ne suis pas en train de songer à Noël, de faire mes études, de philosopher, de me promener, de patiner, d'écrire, de travailler sous les rayons du soleil ou de converser avec mes camarades de chambre, je suis absorbée par Bernard Shaw. Je l'adore tout court, et particulièrement *Le Héros et le Soldat*. Qu'y a-t-il de si singulier

1. *The Women* est une comédie de Clare Booth Luce, qui a débuté à Broadway le 26 décembre 1936 sur la scène du Ethel Barrymore Theater. La distribution était exclusivement féminine. George Cukor l'a portée à l'écran en 1939. Scott a participé à l'adaptation, sans être crédité au générique.

2. Club huppé situé à Farmington, dans l'État du Connecticut.

chez lui ? Il paraît beaucoup plus sensé que Barrie. Enfin, tu dois sûrement t'être assoupi, je vais donç te laisser et impatiemment attendre ton prochain courrier.

Lots of Love,

Scottie

[Dans le train de Montgomery à Baltimore.]

25 décembre, Noël 1937

Cher Papa,

Je viens à l'instant de sauter dans le train pour Baltimore, après deux journées très agréables, quoique épuisantes. L'état de Maman est cinquante fois meilleur qu'il n'a jamais été, et, mis à part sa folle manie de claquer tout son argent en chaussures et en vêtements (cette expédition aura coûté vingt dollars, sans les billets de voyage), elle s'est suffisamment bien comportée pour pouvoir quitter son établissement. Elle a reçu des tonnes de charmants cadeaux et adore les mocassins que tu lui as offerts. À propos, est-ce que les soixante-quinze dollars sont mon cadeau de Noël ? Si c'est le cas, merci beaucoup, j'en avais vraiment besoin. Je t'ai concocté un présent sous la forme d'un court poème, encore qu'il ne soit pas très bon. Ils ont laissé Maman sortir seule de l'hôpital avec moi, hier et aujourd'hui. Hier, nous sommes allées flâner dans les boutiques avant de nous rendre au cinéma. Ce matin, ce fut l'église, ensuite nous avons déjeuné au Grove Park Inn et, pour finir, un autre film. Dans l'ensemble, tout va bien et elle paraît enchantée à l'idée de te voir le 12 janvier. Je veux croire que tu viendras sans faute à mon école le week-end suivant. Maman a beaucoup apprécié mes tenues.

Mardi dernier s'est tenu le spectacle du Triangle à Princeton, qui s'est abominablement passé, mais les fêtes ont été amusantes : le soir suivant, il y a eu un bal qui comptait vingt-trois filles pour cent quarante-cinq garçons ! Je te laisse imaginer à quel point cela a été rigolo pour nous. Les deux soirs, Peaches et moi ne nous sommes pas couchées avant cinq heures du matin.

J'ai reçu trois invitations sérieuses pour aller à Baltimore : Sally Simmons, Laura Dell Meacham et Stanley Woodward. Cependant, lorsque j'en ai parlé à Peaches, elle m'a dit qu'elle serait furieuse si j'allais chez quelqu'un d'autre, et comme j'imagine pourquoi elle s'est rebiffée de la sorte, cela ne me laisse pas vraiment de choix. Quoi qu'il en soit, j'y retourne le 28, vu que j'ai été conviée à un très beau bal, mais aussi pour le nouvel an et les 2 et 3 janvier. Tommy Winstead (tu te souviens de lui, l'été dernier) m'a fait envoyer il y a deux jours quatre beaux hortensias ; n'est-ce pas adorable ? En ce moment, c'est terrible, je suis entrée dans une phase où je ne fais que regarder les garçons et ne pense à rien d'autre qu'à sortir et à danser ! Mais vingt-cinq jours ne sont que vingt-cinq jours, aussi, comme je dis souvent, oublions les frivolités !...

J'espère que tu as passé un joyeux Noël et que tu t'es vraiment amusé. Je compte qu'une fois, avant que je me marie, nous arriverons à en célébrer un ensemble, avec le sapin et tout et tout. Ces Noëls à la va-vite ne rendent pas vraiment l'esprit de la chose. Asheville est un coin abominable et je déteste ses paysages sous la brume. Les boutiques à « Tout pour moins de dix *cents* » étaient bondées de vacanciers et tout cela m'a paru pathétique.

J'ai été embarrassée du télégramme que tu as expédié au docteur Smith, alors que ma gorge n'allait pas si mal. C'était vraiment balourd de ta part, Papa. Même si j'ai effectivement perdu ma voix en quittant l'école, elle est revenue le lundi suivant, après être passée par des stades plus ou moins caverneux qui m'ont paru comme quelque chose de très sexy. Dimanche dernier, j'ai passé la soirée chez mon ancienne camarade de chambre, Sally Page, et lui ai présenté la nouvelle fille avec qui je fais chambre commune, Sally Smith. Celle-ci a été invitée à un bal incroyable par des amis d'Arthur Murray qui organisaient un concours de danse avec des étudiants de Princeton.

Je présume que tu as dû recevoir mon bulletin scolaire, qui ne saurait être qualifié de bon. Pour le prochain semestre, Mlle Walker m'incite à abandonner la classe de latin sous prétexte que, un, je n'ai plus aucune chance de réussir cet examen, deux, je n'ai pas besoin de cette matière pour me faire admettre à Vassar, trois, elle risque de me pénaliser pour les autres, quatre, en plus, nous allons avoir un cours avancé en français et je ne pourrai pas soutenir cinq classes en même temps. Je suis la deuxième de ma section en histoire et en physique, mais je suis mortifiée par mes notes en anglais. J'espère que les commentaires de mes professeurs ne sont pas trop mauvais, bien que ma moyenne du semestre soit la plus basse de toute ma scolarité.

Je dois m'arrêter à présent car je n'ai plus de papier. Il n'y a rien d'autre sinon que : te souviens-tu du jour où nous sommes allés sur le tournage du film *Live, Love and Learn*[1] avec Robert Montgomery ? N'y avait-il pas des personnages de collégiens, ou alors je perds la tête ? Ils les ont coupés au montage, d'après ce que j'ai pu constater.

Merci de m'avoir autorisée à aller à la fête du Triangle et pour l'argent. J'espère que nous nous verrons bientôt.

Plein de bisous,

Scottie

1. *La Vie, l'art et l'amour*, film américain de 1937 réalisé par George Fitzmaurice.

1938

Ethel Walker School
Simsbury (Connecticut)

[1er] mars 1938

Cher Papa,

Le concours hippique a eu lieu, avec des tonnes de strass et des rubans et des cabrades, et des rencontres au manège dans une excitation fébrile ; la pièce de théâtre est pour samedi (Mlle Ober y assistera) et le temps est brumeux et maussade, et les vacances me tardent vraiment. Hélas, Peaches ne quittera pas l'école avant le 25. Les notes du mois dernier sont arrivées avec une moyenne de 74 ; celle du semestre précédent était de 64. J'ai réussi en latin, Dieu merci. Il s'est produit pas mal de beaux scandales ces derniers temps : fumer, etc. Mais je commence déjà à en avoir plein le dos de tous ces ragots. Notre classe est perçue sous un mauvais jour et il y a un groupe qui s'attire sans cesse des ennuis, mais je pense que c'est avant tout la faute à Mme Lloyd qui est une abominable directrice. Je suis convaincue que, dans le cas présent, le changement de direction va améliorer les choses. Car la nouvelle personne semble avoir un peu de jugeote et médite de nous accorder nos week-ends et ne pas nous traiter comme des petits chiots.

Je viens de rédiger un poème pour le *New Yorker*,

juste pour m'amuser ; penses-tu qu'ils le publieront ? C'est une affreuse caricature d'Ogden Nash[1].

Since open the letters are quite the fashion
To you'll open my heart's hidden passion
Sins I demand an explanation
Of why you intrude on our sanctuary of education
Since everything in the New Yorker
Is a corker
Instead of being wise little school girls
With middies & ties & hair straight not in curls
We read when we should be doing our homework
And this sets our marks and our teachers [mot illisible]
For most of them have about as much sense of humor
As a potato complete with its tuna
And when they give us the optical axe
Why from then on we're never able to relax
And so please publish this magazine twice
a week double
And this way we'll never be out of trouble

J'admets que l'ensemble n'est pas très bon, mais il n'est pas non plus destiné à l'être !

Je me suis aussi lancée dans l'imitation (il semble que je sois inapte à produire autre chose en ce moment) de Dorothy Parker. Je pense que le « Journal d'une New-Yorkaise », dans *After Such Pleasure,*

1. Ogden Nash (1902-1971), écrivain américain, célèbre pour ses courts poèmes humoristiques.

et certaines parties de *Laments for the Living*[1] sont les choses les plus drôles du monde.

Vraiment, j'aimerais beaucoup la rencontrer.

Je dois te quitter, les cloches de la chapelle me sonnent…

Affectueusement,

Scottie

---

1. *After Such Pleasure* (1933) et *Laments for the Living* (1930) sont des recueils de nouvelles de Dorothy Parker (1893-1967).

7 March 1949 Tearful Tuesday

~~MISS JEAN SCHOCH~~

THE ETHEL WALKER SCHOOL
SIMSBURY, CONN.

Dear Daddy:

The Horse Show came off, with much silver glitter & ribbons & prancing around, & the gym meet, with much tense excitement, & the play's Saturday (Mrs Obei's coming up) & it's foggy & dreary & I cant wait till vacation - unfortunately Peaches doesnt get out of school till the 25th.

Last month's marks came in & the average was 74 - compared to last term's 64. I passed Latin, thank Goodness. There have been many

2) exciting scandals lately – smoking etc... but I am even getting sick of gossip. Our class is in an awful light & there is one crowd that gets in trouble continually, but I think that's chiefly because Mrs Floyd is such an awful headmistress. I'm sure this is one case when the school changing direction will do it good. For this new person seems to have a little sense & is planning to give week-ends & not treat us like little puppies.

I just wrote a poem to the New Yorker, for fun: Do you think they will publish it? It's an awful

3) imitation of Ogden Nash

Since open letters are quite the fashion
To you I'll open my heart's hidden passion
Sirs: I demand an explanation
Of why you intrude on our sanctuary of education
Since everything in the New Yorker
Is a corker
Instead of being wise little school girls
With middies & ties & hair straight · not in curls
We read when we should be doing our homework
And this sets our marks and our teachers beserk
For most of them ~~at~~ have about as much sense of humor
As a potato complete with it's tumor
And when they give us the optical axe
Why from then on we're never able to relax
And so please publish this magazine twice a week · double
And this way we'll never be out of trouble"

Not so good, I grant you · but it's not meant to be.
I am also engaged in imitating (I just don't seem

~~MISS [illegible] SCHOOL~~
THE ETHEL WALKER SCHOOL
SIMSBURY, CONN.

to be able to do any thing else) Dorothy Parker - I think "Diary of a New York Lady" in "After Such Pleasures" & those things in "Laments for the Living" are the funniest things in the world. I certainly would like to meet her.

Must fly - there's the chapel bell.

Lots of love,
Scottie

Cellule 304
Prison de Sing Sing
Simsbury (Connecticut)[1]

Samedi 16 avril 1938

Cher Papa,

L'arrivée des hortensias m'a vraiment renversée. Ils sont *tellement* beaux, et ça été une telle surprise. C'était très gentil de ta part d'y avoir songé ; je t'envoie des tonnes de remerciements. Demain, c'est Pâques et, pour l'occasion, nous sommes toutes sur le balcon bronzant à coups de soleil en forme de rayures afin de prouver que nous sommes bel et bien en prison. Tout en cherchant à imaginer la trame d'une nouvelle que nous devons rédiger pour vendredi. Ce semestre de printemps est vraiment sympa, d'autant que c'est le dernier. Sais-tu ce que j'adorerais faire ? M'inscrire à une école de théâtre pour l'été. Cela me paraît une occupation à la fois amusante et enrichissante ; j'adorerais que tu me laisses y participer. Pourquoi ce télégramme mystérieux ? Tu me donnes tant de

---

1. Adresse de l'Ethel Walker School. Pour s'amuser, Scottie et ses amies ont estampillé leurs cartes postales comme provenant de la prison de Sing Sing, située en vérité à Ossining, N.Y.

soucis. Quand Maman quitte-t-elle l'hôpital ? Alors écris vite.

Merci pour le bouquet,

Love,

Scottie

Ethel Walker School
Simsbury (Connecticut)

Vendredi 22 avril 1938

Cher Papa,

J'ai reçu ta lettre ce matin et suis absolument emballée à la perspective de partir en Europe avec toi. C'est une merveilleuse idée, et puis c'est vraisemblablement la dernière occasion que nous aurons de visiter une Europe indemne. Mon examen final est prévu pour vendredi 24 juin et portera sur l'histoire américaine. J'ai discuté et lutté pendant des heures ce matin avec Mlle Walker, mais elle a refusé et m'a dit qu'elle allait t'écrire pour t'exposer ses motifs[1]. Elle semble vouloir considérer qu'on ne doit pas changer d'atmosphère de travail lorsqu'on soutient un examen d'entrée à l'université, et que je risque d'être surexcitée, avec trop de choses distrayantes en tête. Pas un instant elle n'imagine que la seule pensée de quitter son école pour de bon est en soi un million de fois plus excitante que tout ! Mais au fond, cela ne sert à rien de t'en parler puisqu'elle a dit non, peu importe que je trouve sans intérêt le fait de devoir rester encore

1. Pour la laisser aller à UCLA, en Californie, finir son année et préparer son concours d'entrée à l'université de Vassar.

pour douze sessions par jour sur seulement deux matières, traîner à la bibliothèque et courir seulement le risque de m'attirer des ennuis. Il semblerait que l'accident de Simsbury soit plus sérieux que je ne l'envisageais. Elle m'a dit que c'était encore une preuve d'enfantillage et que ce reproche pèserait contre moi dans mon dossier d'inscription pour Vassar. J'aimerais vraiment qu'ils cessent ici de nous accuser toutes d'enfantillage : qu'espèrent-ils, dès lors qu'ils nous traitent comme si nous avions deux ans, avec leur règlement débile ? Mais je n'ai pas envie que cette lettre prenne un cours amer et désagréable ; c'est juste que l'idée de te rejoindre à Hollywood en juin et de passer les examens à UCLA était vraiment géniale.

J'espère que monsieur Finney[1] va s'adoucir et autoriser Peaches à venir me voir ; rien au monde ne saurait être plus amusant, j'en suis convaincue. La cérémonie de remise des diplômes est prévue pour le 5 ; bien entendu, je suis d'accord avec toi, un voyage sur la côte Est serait fastidieux et ruineux. Ce week-end risque de te barber, avec son lot de spectacles de danse et de récitals de musique ; en fait, la cérémonie à proprement parler ne dure qu'une heure ou un peu moins. Comme tu dois le savoir, les Ober sont à l'étranger, aussi je suis un peu inquiète au sujet des cadeaux que je dois offrir à mes compagnes de chambre pour leurs diplômes,

1. Pete Finney, père de Peaches (voir la note 6 de la p. 42).

ainsi qu'à Mary Earle. La meilleure façon de résoudre ce problème des colocataires, attendu que personne ne peut faire d'emplettes à ma place, serait de passer commande auprès d'un joaillier de ces petits souvenirs « porte-bonheur » que l'on suspend dans les chambres ; c'est la tradition qu'un membre de la chambrée offre cela à ses camarades, je pense que cela ne posera pas de problème si je me porte candidate. Pour Mary, c'est plus sérieux. Je peux sans doute lui dégoter quelque chose d'approprié et de pas trop cher chez Mark Cross[1], mais je suis certaine qu'un tricot qu'elle pourrait porter à Vassar fera l'affaire. Je t'écris cela afin que tu ne sois pas surpris si une soudaine demande d'argent t'arrive de ma part.

Nous venons juste d'achever la rédaction des nouvelles pour le concours d'écriture organisé en classe d'anglais. La mienne s'intitule *The Queen's Conscience* et s'articule autour de bien des problèmes, dont l'insomnie, l'incapacité à être heureux, etc. Je te l'expédierai dès qu'elle me sera rendue. C'est vraiment réjouissant de se dire qu'il s'agit désormais de notre dernier semestre d'école, et pour toujours ! Je donnerais n'importe quoi pour avoir déjà ma feuille d'admission à Vassar. Je suis assez certaine d'y être reçue, mais ne veux pas non plus me montrer trop confiante. Il semble que tout

---

1. Magasin de New York, spécialisé dans les cuirs précieux, appartenant à la famille de Gerald Murphy (voir la note 1 de la p. 121).

dépende du résultat de nos examens du mois prochain. En attendant, nous dansons toutes fiévreusement autour de l'Arbre de Mai.

J'avais réservé deux leçons particulières en latin, mais je n'en ai fait qu'une car nous avons été invitées à visiter le campus de Vassar pendant toute une journée, et cela était cinquante fois plus important ! Ils nous ont demandé à toutes où nous voulions habiter, dans quelles matières nous allions nous spécialiser pour notre première année. J'ai répondu philosophie, cependant nous sommes tenues de choisir une science, une langue vivante et le cours d'anglais. Le président Thompson est un homme absolument charmant ; en revanche, le recteur MacCracken m'a déçue. Il manque cruellement de personnalité ou, du moins, de la contenance que l'on est en droit d'attendre d'un recteur d'université. L'étape suivante comprend la rédaction d'une lettre de motivation concernant Vassar ; nous devons aussi y révéler nos ambitions professionnelles. Mon Dieu, quelle affaire ! Je suis alitée, la faute à une douloureuse vaccination antivariolique.

Enfin j'espère avoir répondu à tes questions. Je suis vraiment folle de joie à l'idée de partir à l'étranger, etc., et désolée que cela soit si dur pour toi là-bas. D'après ce que j'ai compris, tu désapprouves mon dessein d'intégrer une école de théâtre. Tu te montres bien gentil, alors que je t'ai tant contrarié avec mes dernières notes. Je ne crois pas être une fainéante. C'est juste que je n'arrive pas à m'emballer pour des choses qui ne m'emballent pas. Dieu merci, à Vassar, on pourra choisir des matières *intéressantes*, et non être tenus comme du bétail.

Lots of Love,

Scottie

Friday Apr. 22nd. 38

Dear Daddy:

I received your letter this morning & was thrilled indeed at the prospect of going to Europe – it sounds marvelous and it's probably the last time Europe will be intact. My last exam is on Friday June 24th. & it is the American History exam. I argued & fought with Miss Walker for hours this morning, & she says no, & that she is going to write you & give her opinion. She seems to think that taking the boards in a different atmosphere would be too exciting & diverting & that my mind would be on other things little does she know that the prospect of getting out of here for good is a million times more exciting. However I know there is no use saying anything to you now that she disagrees, no matter how pointless I think it is to stay for 12 periods a day taking 2 subjects – reading out the library & getting into trouble. Darn it you know that Sudbury episode is much more important than I thought – she says it is a sign of childishness & will count against me on my report card for rebuffs. I do wish they'd stop using "childishness" on everyone. They treat us like two year olds with their absurd rules, what do they expect? However I don't want to make this letter bitter & disagreeable – it's just that the prospect of Hollywood in June & boards at U.C.L.A. was very inviting –

I do hope Mr. Tunney will relax & let Peaches come out – nothing, I am firmly convinced, in the world, could be more fun. Commencement is on the fifth – ~~[illegible]~~ and I thoroughly agree with you a trip East would be tiring & expensive & that week-end would be no fun for you with dancing exhibitions & recitals & commencement itself lasts only an

Thompson is awfully nice but I was disappointed in President MacCracken - he seemed utterly lacking in personality or poise which you would think a college president would have. The next move is a letter which we have to write all about why we want to go to Vassar & what plans for work afterwards we have - oh my what a life. I am now in bed as result of a violent take of a smallpox vaccination.

Indeed I hope I've answered your questions. I am very thrilled with going abroad etc... and sorry it's so hard out there - I gather you disapprove of my dramatic-school idea. You are awfully nice to bother when I've disappointed you so with my marks. I do not think I am lazy - I just can not work up interest in things I am not interested in. Thank Goodness at Vassar one can take <u>interesting</u> subjects & not be herded about like cattle.

Lots of love,

Scottie

Hollywood

27 avril 1938

Pie chérie,

Bon, nous y voilà, les cartes sont sur la table. Cela y ressemble, étant donné la situation critique dans laquelle tu te trouves :

— Ton admission à Vassar est suspendue au bon vouloir de ton école.

— Bon vouloir qui n'a rien d'acquis en ce qui te concerne : tu as des dispositions, mais des résultats puants, des activités extrascolaires satisfaisantes, mais une vanité déconcertante. (J'espère qu'elle n'apparaîtra pas dans ta lettre à Vassar.)

— On peut dire que la recommandation de ton école dépend entièrement des six prochaines semaines. Les deux dernières correspondent à la période où ils vont accomplir le décompte final des candidatures. Si tu es une meneuse, ce que tu parais croire, tu pourrais sans doute faire en sorte que ce qui s'est passé avec la classe de seconde de l'an passé n'arrive pas à la tienne.

J'ai écrit à Alice Lee Myers[1] pour lui dire que

1. Dick et Alice Lee Myers sont des amis des Fitzgerald rencontrés grâce aux Murphy (voir la note 1 de la p. 121) sur la Côte d'Azur.

ton voyage en Europe ne se fera qu'à condition que ton école soutienne ton entrée à l'université. En cas contraire, je ne pense pas qu'une telle expédition te serve à quoi que ce soit – elle pourra attendre l'année prochaine quand tu seras plus mûre. Une alternative moins onéreuse peut être envisagée ici en Amérique.

Quant au shopping à New York, pourquoi Tante Rosalind ne s'en occuperait-elle pas ?

Tu t'enquiers de ta mère. Il y a des hauts et des bas. Docteur Carroll souhaite qu'elle reste internée, sans plus de six semaines de sortie par an. Je ne l'envisage pas ainsi, c'est trop déprimant et affreux, j'ai donc sollicité trois à quatre mois. Sa famille pense que je suis de mèche avec Carroll. Je leur ai donc expédié toute notre correspondance.

Lorsque je suis loin de ta mère, je ressens toujours une profonde pitié pour elle. Elle comptait parmi les enfants de ce monde qui ne grandissent jamais, ces casse-pieds passés maîtres en l'art de s'en tirer avec un sourire, ceux que les gens tolèrent jusqu'à tant qu'on leur fasse réaliser à quel point ils sont pesants.

J'ai attendu d'avoir de tes nouvelles avant d'écrire aux Finney[1]. Si cela ne peut être arrangé, peut-être pourrons-nous reporter à l'automne ?

Il est peu probable que je puisse venir en juin.

---

1. Voir la note 6 de la p. 42 et la note 1 de la p. 93.

Aimerais-tu que ta mère te rejoigne[1], flanquée d'une chic et jolie infirmière ?

Réponds-moi et, toujours,

Tendrement,

Papa

1. À la cérémonie de remise de diplômes de Scottie à l'école Ethel Walker. *(Note de Massimo Bacigalupo.)*

Ethel Walker School
Simsbury (Connecticut)

Mercredi *[chiffre illisible]* juin 1938

Cher Papa,

Ça y est, je l'ai reçue. La raclée, comme tu l'appelles. Ce fichu coup du sort qui devait me mettre au tapis et faire de moi, enfin, une grande personne. Je savais que cela viendrait car tu es un assez bon devin dans ton genre. J'avais seulement l'espoir que cela n'aurait pas à être quelque chose qui te rende malheureux, coléreux ou déçu, enfin tout ce que tu dois être. Maintenant tu le sais, l'expulsion de l'école me pend sérieusement au nez et je risque d'être forcée d'aller soutenir l'examen d'entrée dans un autre établissement. En fait, je vais être virée, c'est presque sûr ; comment t'écrire à quel point je me trouve égoïste, sotte et puérile d'avoir commis pareille ânerie[1] ? Certes, cela n'excuse rien, je le sais, mais je peux te garantir que je viens de *mûrir* d'au moins cinq ans et que *jamais plus* je ne ferai preuve d'autant de stupidité. Parce que tout s'est décidé sur un coup de tête. Si j'avais

1. Scottie et Alena Johnson ont fait une escapade en autostop jusqu'à New Haven pour passer quelques heures à Yale avec le fiancé d'Alena et un de ses amis. Une enseignante les a dénoncées. *(Note de Massimo Bacigalupo.)*

pris le temps de réfléchir, j'aurais vite compris que je menaçais mon admission à Vassar, sans compter que je brisais la promesse que je t'avais faite de rester une élève modèle. Dire que cela s'est passé le dimanche suivant la remise des diplômes, je n'arrive pas à le croire. Moi qui faisais tout pour me tenir à carreau, qui étais si triste à l'idée de partir, mais aussi excitée et pleine d'espoir, avec un futur radieux devant moi, voilà que j'ai tout fichu par terre, bêtement, pour une escapade absurde. J'ignore si tu me pardonneras jamais.

Comme notre renvoi n'est pas encore acquis, Alena Johnson et moi sommes allées il y a quelques minutes signer des aveux écrits, mais Mlle Smith a refusé de nous adresser la parole, comme tous les autres professeurs. À la seule idée de ce que tu dois penser de moi, j'ai envie de me cogner le front contre les murs. Bien sûr tu es furieux, et ce n'est pas à mon châtiment que je pense, même si je le mérite des millions de fois ; je songe seulement que je t'ai *de nouveau* laissé tomber, en dépit de tout. Sérieusement, j'ai envisagé de disparaître et de me trouver un boulot, mais fuir ne ferait qu'empirer les choses.

Pour Vassar, il me semble (mais je me doute qu'à l'avenir mon opinion ne vaudra plus un kopeck à tes yeux), il me semble que la seule chose qu'il me reste à faire serait d'aller m'expliquer avec le responsable des admissions, lui décrire ce que je ressens, solliciter une nouvelle chance, et puis partir étudier d'arrache-pied à Scarsdale, présenter l'examen d'entrée de Vassar à l'université de Sarah Lawrence[1] et tenter enfin d'engranger les notes les meilleures. La seule chose qui me fasse penser que je puis encore être reçue à Vassar, c'est que Bobby Butler, un étudiant qui préside le Tiger Club à Princeton, avait été renvoyé de Saint-Paul, ainsi que pleins d'autres comme lui ; si j'arrive à expliquer mon cas à Vassar, ils me donneront peut-être une autre chance.

Mon Dieu, que tout cela est désagréable, mais ô combien mérité. Papa, me pardonneras-tu ? Ou bien penses-tu que je ne suis qu'une vilaine chose et qu'il ne faut plus jamais m'adresser la parole ? J'imagine ce que tu dois te dire : « Moi, je bosse dur et elle est incapable de remplir son contrat. » Papa, je te promets, *je te jure* que je vais me rattraper. Jamais je ne me suis sentie aussi nulle qu'en ce moment.

L'excursion en Europe tombe à l'eau, cela va de soi. Je ne vois même pas pourquoi j'en parle, ainsi que la fête et Peaches. Si j'étais un garçon, tu m'aurais sans doute déjà jeté sur les docks pour gagner ma croûte. Du reste, c'est peut-être ce que tu vas me dire ?

Tout est de ma faute, je l'admets. La mienne et celle d'Alena ; je ne prétends pas nous trouver d'excuses. Je vais aller étudier chez les Ober, étudier

1. L'université Sarah Lawrence était alors une institution de filles située dans la ville de Yonkers, à une vingtaine de kilomètres au nord de New York.

et étudier encore, bien plus qu'ici, et leur prouver à tous que mon idée de quitter le campus après la remise des diplômes n'était pas si bête. J'espère seulement que tu n'es pas trop abattu ni trop dégoûté de moi. Mon professeur d'anglais me déteste vraiment, un peu comme si j'étais une sorte de monstre qui aurait bouffé sa propre mère ou comme si j'avais ôté la vie à quelqu'un.

Enfin, je t'embrasse. Tu le vois, ta prophétie s'est réalisée plus vite que prévu, et pas un seul des effets escomptés ne manque à l'appel.

Je t'aime.

Scottie

Metro-Goldwyn-Mayer Corporation
Culver City (Californie)

7 juillet 1938

Ma chère Scottie,

Je n'espère pas pouvoir écrire bien longtemps encore, aussi je désire que tu relises cette lettre, si amère qu'elle puisse te paraître. Sur le moment, tu refuseras de m'écouter, mais plus tard, peut-être reconnaîtras-tu le bien-fondé d'une partie de mes observations. Quand je m'adresse à toi, tu me considères comme une personne d'âge mûr, comme une « autorité », et quand je te parle de ma jeunesse, ce que j'en dis te semble irréel, car les jeunes ne peuvent croire que leur père ait été jeune lui aussi. Pourtant peut-être comprendras-tu ce que je vais te révéler, si je l'expose par écrit.

Quand j'avais ton âge, j'ai vécu un rêve magnifique. Mon rêve a grandi et j'ai appris à le raconter et à me faire entendre. Alors mon rêve a bifurqué, pour ainsi dire, le jour où finalement je décidai d'épouser ta mère, tout en sachant qu'elle avait été très gâtée et ne ferait pas mon bonheur. Aussitôt après notre mariage j'ai regretté de l'avoir épousée, mais à l'époque j'étais patient : j'ai fait contre mauvaise fortune bon cœur et j'ai appris à aimer ta mère d'une autre façon. Puis tu es venue, et pendant longtemps nous avons connu quantité de bons moments.

Pourtant j'étais écartelé : ta mère exigeait que je travaille pour *elle* beaucoup plus que pour mon rêve. Elle a compris trop tard que la dignité est dans le travail et non ailleurs ; elle a tenté de réparer son erreur en travaillant elle-même, mais trop tard ; elle a ruiné sa santé, et pour toujours.

Quant à moi, le temps était passé où j'aurais pu réparer les dégâts : pour ta mère, j'avais presque épuisé mes ressources intellectuelles et matérielles ; néanmoins j'ai lutté encore cinq ans jusqu'au moment où ma santé a flanché ; je n'eus plus alors d'autre souci que de boire et d'oublier.

Mon erreur fut d'épouser ta mère. Nous appartenions à des mondes différents : elle aurait pu être heureuse avec un brave homme dans un jardin du Sud. La vigueur nécessaire pour le dur combat de l'existence lui manquait ; parfois elle faisait semblant de lutter et le feignait à ravir, mais ne faisait guère autre chose. Elle se laissait aller quand il eût fallu tenir bon et s'obstinait quand elle aurait dû céder. Jamais elle n'a su employer son énergie à bon escient, et tu as hérité de ce défaut.

J'en ai longtemps voulu à sa mère de ne lui avoir inculqué aucun bon principe, rien sinon la vanité et l'arrivisme. Par la suite, je n'ai jamais pu supporter les femmes élevées à ne rien faire et l'un de mes plus chers désirs a été de te préserver d'un sort pareil, de t'empêcher de devenir ce genre de femmes qui attirent le désastre sur elles-mêmes et sur autrui. Lorsque, vers l'âge de quatorze ans, tu as commencé à manifester des symptômes inquiétants, je me suis bercé de l'idée que tu étais prématurément mondaine et que la stricte discipline d'une pension corrigerait ce penchant. Mais il me semble parfois que les paresseux appartiennent à un genre particulier d'individus sur lesquels on ne peut compter ; on a beau les prêcher à perdre haleine, leur seule contribution à la vie en société est de chauffer un siège à la table commune.

Pour moi, j'ai passé l'âge où l'on se corrige ; s'il en est de même de toi, je ne veux pas te réformer. En revanche je ne tolérerai pas que des fainéants troublent ma paix, qu'ils fassent ou non partie de ma famille. Je réserve mes ressources aux gens qui parlent le même langage que moi.

Je commence à craindre que nous ne nous comprenions plus. Tu ne te rends pas compte que mon travail ici est le résultat de l'effort suprême et douloureux d'un homme qui a fait autrefois quelque chose de mieux et de plus beau. Je n'ai pas la force, ou disons, l'argent nécessaire, pour continuer de porter un poids mort ; je suis furieux contre moi et je m'en veux terriblement quand j'ai l'impression que c'est justement ce que je fais. Des gens comme ta mère, il faut bien les porter puisque la maladie les rend inutiles. Mais *pour* toi, c'est une autre histoire : tu viens de passer deux années sans faire aucun effort profitable, sans perfectionner ni ton corps, ni ton esprit, mais uniquement à écrire des rames et des rames de lettres sans intérêt à des gens inintéressants, et sans autre résultat possible que de soutirer des invitations que tu ne pouvais accepter.

Et ces lettres continuent de te hanter, même dans ton sommeil ; aussi je sais bien que désormais tes promenades se bornent à de constantes allées et venues jusqu'à la boîte aux lettres. Tu es comme une vieille radoteuse, incapable de tenir ta langue.

Or tu es arrivée à un âge où un adulte ne s'intéressera à toi qu'autant que tu lui paraîtras avoir de l'avenir. L'intelligence d'un jeune enfant est très curieuse : il observe de vieilles choses avec des yeux neufs, mais vers l'âge de douze ans un changement s'opère. L'adolescent n'offre rien, ne peut rien faire ni rien dire qu'un adulte ne puisse faire mieux. Quand nous vivions ensemble à Baltimore (tu as confié à Harold que tantôt je suis sévère, et tantôt je te néglige ; sans doute voulais-tu parler de l'époque où j'ai été sot pour devenir tuberculeux, ou pour m'isoler afin de travailler, car à part toi, je voyais très peu de monde), ta présence me valait trop de soucis domestiques que la maladie de ta mère m'obligeait à assumer seul. Pourtant, j'ai supporté tes admirateurs à chapeau haut de forme et tes conversations téléphoniques jusqu'au jour où, au cours de danse, tu m'as rembarré, après quoi j'ai été moins patient…

Résumons-nous : depuis que tu as réalisé au camp de si grands progrès dans l'art de plonger, ce que tu as fait pour m'être agréable et me rendre fier de toi est pratiquement négligeable (tu es plus molle à présent que tu ne l'as jamais été). Quant à ta carrière de « jeune fille du monde lancée », cru 1925, elle ne m'intéresse nullement. Je n'en veux rien savoir ;

ça m'ennuierait autant que de souper avec les frères Ritz. Si je n'ai pas le sentiment que tu as un but précis, ta compagnie a tendance à me démoraliser à cause du gâchis stupide et du vide de ton existence. Par contre, lorsqu'il m'arrive de percevoir en toi des indices de vitalité et de résolution, nulle compagnie au monde ne m'est plus agréable. Car tu as sans doute quelque chose dans le ventre, un goût de vivre très certain ; tu as certainement ton propre rêve, et mon idée était de l'associer à quelque chose de solide avant qu'il ne soit trop tard, comme il a été trop tard pour que ta mère apprenne quelque chose quand elle s'y est appliquée. Autrefois, quand, tout enfant, tu parlais français, c'était merveille d'entendre les bribes que tu avais apprises ; maintenant ta conversation est aussi banale que si tu avais passé ces deux années-ci à l'École primaire supérieure de Corn Hollow ; tu n'as rien à dire sinon ce que tu as lu dans *Life* et dans *Romans d'amour.*

J'irai dans l'Est en septembre pour t'accueillir à ta descente du bateau, mais que cette lettre te persuade bien que tes promesses n'ont plus aucune valeur à mes yeux : je ne croirai plus que ce que je verrai. Je t'aime toujours, mais seuls m'intéressent les gens qui pensent et travaillent comme je fais, et il est douteux que ce soit *moi* qui change à mon âge. Reste à savoir si *toi* tu veux ou désires changer.

Papa

P.S. : Si tu tiens un journal, je t'en prie, que ce ne soit pas une sèche énumération que je trouverais dans un guide à six francs. Ni les dates, ni les lieux ne m'intéressent, même la bataille de la Nouvelle-Orléans, à moins que tes impressions ne sortent de l'ordinaire. Ne t'efforce pas d'être spirituelle dans tes comptes rendus ; sois naturelle et vraie, et que le ton soit juste.

P.S. : Je te prie de lire deux fois cette lettre… comme je l'ai écrite.

[Carte postale de Hollande.]

11 juillet 1938

Cher Papa,

La Hollande est tout simplement une perfection ! Canaux et vaches t'envoient leur affection et me font te dire de ne pas trop travailler. Armés de nos dictionnaires, nous nous promenons en nous essayant à quelques mots de hollandais jetés aux moulins à vent avec la plus épouvantable inflexion yiddish mâtinée d'un accent du Bronx. Fanny[1] arrive mardi de Florence. Nous avons assisté à un concert de Tchaïkovski ce soir et demain nous irons écouter du Johannes Strauss. C'est très propre et joli, mais je pense que les gens ne sont pas très intéressants.

Je tiens fidèlement un journal.

Avec tout mon amour,

Scottie

---

1. Fanny Myers, fille de Dick et Alice Lee Myers (voir la note 1 de la p. 99). Fanny, Honoria – la fille de Murphy – et Scottie forment un trio d'amies.

[Carte postale de Bruxelles.]

Juillet 1938

Nous sommes maintenant ici… en Belgique, je veux dire. Et je la préfère à la Hollande. Les maisons sont plus médiévales et les gens ont un parler plus terre à terre. Fanny s'est jointe à nous, et elle est extrêmement gentille, différente de la plupart des gens. Demain nous allons faire de la bicyclette à Anvers, et nous serons à Paris au soir. Je commence vraiment à apprécier les cathédrales. J'espère que tout va bien pour toi.

Love,

Scottie

Bourges
Dimanche 7 août 1938

Cher Papa,

J'ai reçu ta dernière lettre hier soir vers minuit lorsque nous sommes arrivés à Bourges ; je te garantis que j'ai bien dans l'intention de rester les quatre années complètes, et que je n'ai aucune velléité de mariage, alors dors tranquille. Doux Jésus, c'est une déclaration bien osée au sujet du tiers de ma classe, car après tout Vassar n'est pas Bryn Mawr ou Walker : tout le monde y est intelligent et travaille dur ; et non seulement quelques-unes. En tout cas, j'en ai vraiment assez de perdre mon temps, et rira bien qui rira le dernier. C'est une chance que j'aie déjà vu Nanny, car tu avais mal compris son nom et son adresse, mais as-tu une quelconque idée du nom et de l'adresse de Mlle Serèze, car j'aimerais la voir en Angleterre. Nanny et moi nous sommes beaucoup amusées. Nous avons visité une diseuse de bonne aventure. La même qui lui avait prédit qu'elle irait en Amérique avant même que tu n'en aies l'idée. Elle m'a dit des choses étonnantes. Que ma mère était malade et qu'elle irait un peu mieux, mais pas complètement mieux, que mon père était obstiné et nerveux (ah !) et que nous allions avoir quelques querelles mais que nous nous réconcilierons toujours et que j'aurais une carrière instable avec de l'argent de-ci de-là.

Je ne vais pas me lancer dans la description de nos voyages et ce que nous avons vu, car l'écriture de mon journal me prend déjà trop de temps, mais nous avons traversé la région des châteaux et nous allons partir demain matin tôt pour la Côte d'Azur. Aimerais-tu que je te prenne un de ces divins pulls en laine ou une de ces vestes en Angleterre ? Ou des chaussettes, ou des écharpes, ou n'importe quoi ? Fais-le-moi savoir. J'ai acheté pour Maman des espadrilles et diverses choses comme des pantalons de marins délavés, etc. S'il me reste de l'argent à mon arrivée à Londres, je me ferai faire un manteau de tweed pour aller à Vassar. Ici, ils sont beaucoup moins chers et bien plus jolis. Es-tu d'accord pour que je consacre une partie des cent dollars de Peaches pour cette acquisition ? Car je lui ai déjà acheté plein de choses magnifiques. Et je suis convaincue qu'elle ne s'attend pas à recevoir toute une garde-robe. Fais-moi aussi savoir ce que tu en penses. Si je ne l'achète pas ici, j'aurai de toute façon besoin d'un manteau en Amérique. Sais-tu pourquoi Mlle Graham n'as pas reçu mes lettres ? Seigneur Dieu, elle doit penser que je suis une malheureuse ingrate. S'il te plaît, dis-lui que je l'adore et que je lui écrirai de nouveau.

Fanny reste ici l'hiver prochain pour intégrer une école d'art. Entre nous, je pense honnêtement qu'elle manque de talent mais il n'y pas grand-chose qu'elle puisse faire d'autre. Elle est vraiment très gentille, seulement je ne crois pas que nous puissions être des amies très proches. Je ne peux pas te la décrire dans une lettre. Ada et moi, nous revenons à l'instant du cinéma où nous avons assisté au film le plus divertissant qui soit, *Un soir à Marseille*[1]. À la sortie, il pleuvait des cordes et de charmants Français nous ont raccompagnées. N'est-ce pas adorable ? Nous sommes désormais sur le point d'entamer une partie de bridge. Je commence à devenir une experte en la matière. M. M. me dit de te faire savoir que j'ai été extrêmement coopérative. Je dois admettre que ce fut le cas, après avoir été houspillée – en tout cas elle ne peut pas dire le contraire. Elle sourit d'un air malin par-dessus mon épaule mais marmonne que c'est la vérité. Cela est tout à son honneur.

Tu évoques le mal du pays en parlant de l'Amérique. Je suis un peu fatiguée de tous ces gens qui nous fixent du regard et je *voudrais* revoir mes amis. Mais cela, c'est un état des choses auquel on s'habitue dans l'école de Mlle Walker, hum, hum... Il y a un autre sujet dont j'aimerais t'entretenir : à cette époque l'année passée, tu m'as dit de ne pas fumer pendant un an. Eh bien, cette année s'est écoulée et je te demande humblement la permission – après tout je vais bientôt avoir dix-sept ans, et c'était ta promesse –, honnêtement quand on fait de la voiture toute la journée, qu'on visite des endroits souillés de boue, rien ne saurait être plus réconfortant qu'une cigarette. Alors s'il te plaît, autorise-

1. Film français de 1937 réalisé par Maurice de Canonge, avec Pierre Larquey.

le-moi. Et réponds-moi au plus vite. Mes poumons vont parfaitement bien, alors quelle raison ? Je t'en prie, réponds. Même si je sais foncièrement que tu me diras « non » jusqu'à mes quatre-vingt-dix ans. Mais ne sois pas fâché que je t'en reparle encore.

Embrasse Maman pour moi. Ceci est ma première lettre rédigée depuis que nous avons quitté le bateau. On ne peut rien écrire dans une voiture et je dois veiller tard pour la rédaction de mon journal, mais j'essaie néanmoins de lui envoyer une carte postale aussi souvent que possible. En ce qui concerne mes compagnes de chambre, Dorothy et moi avons organisé cela depuis belle lurette et je t'enverrai par télégramme les détails dès qu'elle aura répondu à ma lettre.

Lots of Love,

Scottie

P.S. : Dis bonjour à Flora. Comment va le soin de ton ménage ?

Metro-Goldwyn-Mayer Corporation
Culver City (Californie)

Dimanche 7 août 1938

Pie chérie,

J'avais dans l'intention de t'écrire une longue lettre chaque semaine, mais les week-ends me voyant toujours plus fatigué, cette lettre-ci devra encore être brève.

Primo, je suis désolé pour cet automne, je t'ai expliqué dans mon télégramme que c'était une question d'argent (je ne voulais surtout pas que tu t'imagines qu'il s'agissait d'une punition ; j'aurais tant aimé pouvoir mieux t'accueillir) ; mais ce n'est pas qu'une question d'argent, en tout cas pas principalement, grâce aux Finney envers lesquels je me sens très redevable. Le calendrier tombe affreusement mal. Je dois aller visiter ta mère ; de surcroît, si les tournages des films débutent respectivement les 15 et 30 septembre, je ne vois vraiment pas comment parvenir à tout concilier. Le calendrier dont je veux parler est le temps qui me serait nécessaire pour rassembler assez de beau monde et impressionner Peaches. Helen[1] est absente, j'ai négligé Norma Shearer[2] et repoussé ici toutes les invitations ; pré-

1. Helen Hayes.

2. Norma Shearer est une actrice canadienne (1902-1983). Fitzgerald a participé à l'écriture du film *Marie-Antoinette*, réa-

parer le terrain susciterait plus de *bouleversement*[1] que ne peuvent en supporter six semaines. N'oublie pas que même si toi et moi avons toujours été les bienvenus, moi, flanqué de deux prédébutantes, c'est un autre problème ; à savoir que je serais obligé de vous divertir plutôt que d'être diverti. J'ai donc écrit à Peaches afin de lui expliquer le pétrin dans lequel je me trouve et l'ai conviée en juin prochain.

En attendant, je serai sur le quai à la descente de ton bateau le 16 à New York ; tu pourras dormir une nuit à Baltimore et en profiter pour faire les boutiques et assister à un spectacle. Après quoi, je t'accompagnerai à l'université de Vassar. Je suis très heureux que tu aies été reçue. Sa réputation est quasi équivalente à celle d'Harvard. Tu peux la compter dans la liste des *Big Three*[2], de même qu'Harvard, Columbia et Chicago, tout en laissant cette malheureuse petite université de Princeton de côté[3]. Grâce à Dieu, ces cercles snobinards[4] où l'on gaspille son temps n'existent pas à Vassar. Tu ne refléteras que toi-même.

---

lisé en 1938 par Woodbridge S. Van Dyke, dans lequel Norma Shearer tient la vedette (Fitzgerald ne sera pas crédité au générique). Elle va jouer dans le film *The Women* (*Femmes*) de George Cukor (voir la note 1 de la p. 75).

1. En français dans le texte.
2. Les trois meilleures universités du pays.
3. Rappelons que Scott y a fait ses études supérieures.
4. Clubs privés d'étudiants très sélects.

J'ai rempli tes formulaires d'inscription mais je les retiens pour l'instant dans l'éventualité où tu me communiquerais d'ici le 15 ta décision au sujet de tes camarades de chambre. Il me manque tes derniers résultats. J'ai reçu tes deux cartes postales. Je suis très content que tu aies vu ton ancienne nounou.

Plusieurs Américains m'ont fait des remarques à propos de tes cheveux. Tu es allée trop loin cette fois-ci, alors s'il te plaît laisse-les dorénavant repousser normalement. Je ne veux pas qu'à Vassar on t'étiquette comme la « *freshman*[1] aux cheveux décolorés ». Toute attitude excentrique de ta part risque de te coûter moins cinq pour cent sur tes notes chaque mois. De plus, tu auras l'air vulgaire et ressembleras à une grosse ménagère avant tes dix-neuf ans. Je ne plaisante pas et j'espère ne pas avoir à t'en reparler lorsque nous nous reverrons. Je déteste ce que tu as fait à tes ongles des orteils pour te vieillir.

Je n'ai pas encore eu de nouvelles de Mme Myers[2], mais tes remarques me surprennent quelque peu. J'espère que tu sauras faire bonne

1. *Freshman* : étudiant en première année d'université.

2. Voir la note 1 de la p. 99. Il est possible que Scott ait eu une aventure avec Alice Lee Myers. En lui offrant le livre *Contraception* de Marie Stopes, il lui a écrit : « Je pense que tu devrais l'avoir. Afin d'éviter à Dick une mauvaise surprise ; c'est un trop bon ami. Avec toi dans le Péché, j'espère dans un Péché *sincère*. Francis Scott Fitzgerald. » (Voir *Zelda Fitzgerald : Her Voice in Paradise,* écrit par Sally Cline.)

impression, c'est une proche des Murphy[1] ainsi que de plusieurs de mes amis qui peuvent t'être précieux. Elle est une femme admirable et s'entend avec tout le monde ; je t'en prie, ne sois pas l'exception.

Ta mère était ravie de recevoir ton télégramme et tes lettres. S'il te plaît, écris-lui souvent. J'espère que tu es heureuse ; je t'aime de tout mon cœur et je fais des projets pour toi qui te rendront très joyeuse, car ils sont imminents et tout à fait de ton âge.

Papa

---

1. Gerald et Sara Murphy étaient un couple de riches expatriés américains installés sur la Côte d'Azur. Leur généreuse hospitalité et leur sens inné de la fête leur ont permis de se constituer un large cercle d'amis peintres et écrivains de la *Lost Generation*. Parmi eux, Pablo Picasso, F. Scott Fitzgerald, Ernest Hemingway, Dorothy Parker, John Dos Passos, John O'Hara, et bien d'autres. Fitzgerald se serait inspiré des Murphy pour créer les personnages de Dick et Nicole Diver dans son roman *Tendre est la nuit*. Il est aussi possible que les protagonistes du *Jardin d'Eden* d'Ernest Hemingway soient basés sur ce couple.

Metro-Goldwyn-Mayer Corporation
Culver City (Californie)

Mardi 6 septembre 1938

Pie chérie,

Je te prie de lire attentivement toute cette lettre, aussitôt que possible. Ces instructions sont formelles et ne seront soumises à aucune modification, car la semaine prochaine s'annonce quelque peu compliquée pour moi.

J'ai décidé de faire appel à Peaches. En effet, l'affaire est allée trop loin dans leur esprit pour l'annuler sans se montrer grossier et risquer de compromettre toutes tes relations par ici. Tu t'en iras pour Hollywood mercredi soir et tu y resteras jusqu'à dimanche après-midi – les deux voyages en avion évidemment. Je vais essayer de te faire profiter de tout mon temps libre, mais ce ne sera certainement pas comme la dernière fois. Ne t'attends pas à des miracles. Le moins tu en diras à Peaches sur les personnes que tu connais ici, le mieux ce sera, ainsi cela t'évitera bien des affronts lorsque certaines manqueront de te reconnaître. C'est très important pour ne pas risquer de déchoir un jour aux yeux de Peaches. Le vieux snob que je suis sait que tu me comprendras.

En attendant, tu iras chez Harold Ober dès l'arrivée du bateau samedi (je ne lui demande pas de venir t'accueillir car tu sais combien ces samedis après-midi comptent pour lui) et je veux que tu sois tout particulièrement gentille avec eux la journée de dimanche. J'insiste : fais un effort. Ils pensent que je suis un sot de vouloir te faire venir ici maintenant, mais cela ne sert à rien d'essayer de leur expliquer. Contente-toi de leur dire que ton papa est devenu fou ou que tu as une brosse à dents à récupérer ici, ou d'ailleurs dis-leur ce que tu veux. Pour y revenir, je ne veux pas que tu passes toute la journée de dimanche à téléphoner à ta clique new-yorkaise et faire des projets pour l'hiver, avec le téléphone des Ober. Je sais qu'à seize ans, on meurt d'envie d'avertir le monde entier de ses allées et venues comme s'il s'agissait d'événements d'importance cosmique, mais réfrène-toi au moins une journée, qu'ils aient une bonne impression et profitent de leur trêve dominicale. Tu pourras partir à ton heure lundi pour Baltimore, choisis seulement un horaire convenable afin que Peaches ou sa famille puissent venir te chercher. Je ne veux pas que tu célèbres ton retour au pays en faisant la maligne : du genre un garçon qui t'attend à ton arrivée, être en retard chez les Finney, etc.

Quant aux dispositions concernant l'achat de vêtements, etc., etc., je t'en parlerai lorsque tu viendras ici. D'ailleurs j'ai tellement de choses dont je dois t'entretenir que je te le dis dès maintenant : ne prends aucun engagement à Baltimore ou à New York pour cet hiver sans m'avoir vu. J'entends, en particulier : pas de matchs de football, pas de bals d'école ou d'université, etc. Cela est valable pour Baltimore, Princeton, New York et partout ailleurs.

À propos des vêtements, je suis en train de réfléchir à un budget approprié et tu recevras l'argent adéquat. De pair avec cette décision, j'ai clos tous les comptes à crédit à New York, car avec tes dépenses fantaisistes, il est impossible de chiffrer ce que tu me coûtes réellement. Donc tu n'auras plus que des espèces et, peut-être – bien que ce soit de l'utopie – tu apprendras à gérer l'argent mieux que je ne l'ai jamais fait.

Ta mère vient à New York autour du 20, ensuite elle remontera jusqu'à l'université de Vassar. Cela lui procure un plaisir immense de penser qu'elle participe à ton éducation, et c'est une gentille chose que d'entretenir cette illusion. Tante Rosalind sera avec elle. Cela n'interfèrera pas plus dans ta vie que lorsqu'elle a assisté à ta remise de diplômes en juin dernier.

Mme Finney est au courant pour tes démêlés avec la directrice, que tu as pris l'avion jusqu'ici et passé l'examen d'admission de Vassar à New York. Elle ne sait rien d'autre, je n'en ai parlé à personne, y compris ta mère et Tante Rosalind.

Le lundi avant de quitter Baltimore, n'oublie pas de téléphoner aux Murphy et de leur rendre visite si possible pour les remercier de t'avoir ramenée à la maison. Ce serait un petit geste courtois qu'eux et moi apprécierons considérablement. Si tu n'y parviens pas, je veux dire s'ils sont absents, écris-leur une lettre de remerciements depuis Baltimore. De plus, avant d'arriver ici, je compte que tu aies rédigé une lettre à Alice Lee Myers pour pouvoir la joindre dès son arrivée. Débarrasse-toi de toutes ces choses à faire. Je n'aurai absolument pas le temps de jouer à la maman.

Maintenant à propos d'Hollywood : en ce qui concerne ma vie privée ici, fais-moi le plaisir de n'en parler d'aucune façon avec Peaches, ni avant de venir, ni une fois sur place. Elle ne s'affectera nullement. Quiconque nous rencontrerions sera juste une amie et rien d'autre. Il ne faudra pas rapporter à Peaches si telle ou telle autre personne est une « grande amie » à moi. Ce n'est résolument pas son problème.

J'espère que tu profiteras de tes deux jours à Baltimore, et j'espère également que tu seras assez sage pour ne pas poser tes mains sur le volant d'une automobile. C'est regrettable que tu n'aies pas pu t'arranger pour apprendre la conduite, enfin suffisamment pour te sentir à l'aise dans une voiture en pleine circulation, ce qui requiert au moins deux mois. Sois raisonnable, mets tout cela de côté jusqu'à l'été prochain ; à ce moment-là, c'est promis, tout sera en ordre. Manœuvrer la voiture des autres maladroitement n'est ni plaisant, ni pittoresque pour eux. Au sujet de la cigarette, je t'en parlerai ici.

Permets-moi d'insister pour que tu lises cette lettre deux fois. Ou au moins parcours-la deux fois, et préférablement à une demi-heure d'intervalle. Car tous les points stipulés ici sont importants et j'aimerais que tu passes les quatre jours avant nos retrouvailles sans me mécontenter.

Et je te supplie de ne plus écrire de commentaires odieux sur les juifs au dos d'une carte postale sans enveloppe ! D'après moi, les nazis sont haïssables et, pour partager leurs préjugés, il faut être snob et immature. Si tu exprimes de telles opinions dans l'avion, tu trouveras peut-être le patron de la Metro[1] assis sur le siège en face de toi. Porter mon nom te rend malheureusement plus voyante que tu ne l'imagines. Pour preuve, on est venu me raconter, en long et en large, le nombre de télégrammes que tu avais expédiés l'an passé à chaque arrêt lors de ton voyage de retour ici.

En souhaitant que l'attention que tu porteras à cette lettre écartera toute querelle entre nous durant notre brève rencontre. Je suis…

Très tendrement,

Papa

S'IL TE PLAÎT RELIS[2].

1. Metro-Goldwyn-Mayer.

2. Cette lettre est tapuscrite. « S'il te plaît relis » est écrit en gros caractères de la main de Fitzgerald.

16 septembre 1938

Cher Papa,

Ce reçu, après mûres et sérieuses considérations, est exigible par moi à hauteur de la somme de cinq cents dollars dès le terme de l'accord passé entre nous ce soir du 16 septembre 1938.

J'accepte de ne jamais fumer avant l'anniversaire de mes dix-neuf ans. Par cet écrit, j'en fais le serment solennel et engage ma parole d'honneur.

Frances Scott Fiztgerald

83-85

METRO-GOLDWYN-MAYER CORPORATION
STUDIOS
CULVER-CITY
CALIFORNIA

Sept. 19th
19 38

Dearest Pie:

Here are a few ideas that I didn't discuss with you and I'm sending this to reach you on your first day.

For heaven's sake don't make yourself conspicuous by rushing around inquiring which are the Farmington Girls, which are the Dobbs Girls, etc. You'll make an enemy of everyone who isn't. Thank heaven you're on an equal footing of brains at last - most of the eventual leaders will be high school girls and I'd hate to see you branded among them the first week as a snob - it's not worth a moment's thought. What is important is to go to the library and crack your first book - to be among the 5% who will do this and get that much start and freshness.

A chalk line is absolutely specified for you at present - becasue:

A. The Walker episode will necessarily remain for awhile in the Vassar authorities' minds. (It reached me for the first time last week in a rather garbled form.) But if there is no sequel it will die a natural death in six more months. Your bearing my name gives longevity to any such episodes whether they're grave or trifling - it makes them better morsels of gossip.

B. My second reason for the chalk line is allied with this last - beside the "cleverness" which you are vaguely supposed to have "inherited", people will be quick to deck you out with my sins. If I hear of you taking a drink before you're twenty, I shall feel entitled to begin my last and greatest non-stop binge, and the world also will have an interest in the matter of your behavior. It would like to be able to say, and would say on the slightest provocation: "There she goes - just like her papa and mama." Need I say that you can

Metro-Goldwyn-Mayer Corporation
Culver City (Californie)

15 novembre 1938

Scottie chérie,

Bien que je sois toujours sans nouvelles de toi, je présume que ton bon sens a pris le dessus et que tu répondras franchement à ma lettre[1]. Comment as-tu pu manquer de répondre à ma première question, je l'ignore, à moins qu'en lisant *L'Adieu aux armes*[2] tu n'aies sauté les pages 160 à 170. Essaie encore ! Mes questions n'ont rien de vague mais elles exigent de l'attention. J'espère que tu m'as envoyé ta réponse à la seconde. La troisième repose sur le livre de l'Ecclésiaste[3] dans la Bible. Il compte quinze pages ; puisque tu l'as dans ta chambre, tu devrais pouvoir le lire avec soin en quatre ou cinq jours. Pour ce qui me concerne, tu pourras sauter les sentences imprimées en italique pages 756, 767 et 768. Elles émanent d'un auteur différent et sont de simples interpolations. Mais lis attentivement la

1. Voir la lettre du 7 juillet 1938.
2. *A Farewell to Arms*, d'Hemingway, paru en 1929.
3. Le chapitre III en particulier.

courte introduction page 754, et note bien aussi que je ne parle pas de l'Ecclésiastique[1] qui est tout autre chose. En lisant l'Ecclésiaste, souviens-toi que c'est l'un des chefs-d'œuvre de toutes les littératures. Tu remarqueras qu'Hemingway a puisé le titre d'un de ses romans[2] dans le troisième paragraphe. En fait, on y trouve quantité de titres. Le paragraphe de la page 756 sonne comme la confession d'un producteur de films, jusques et y compris les piscines privées.

Content d'apprendre que tu te documentes sur les Sophistes du Vingtième Siècle. Tu en rencontres tous les jours. Ils voient leur monde s'effondrer et savent les moyens d'y remédier, mais ne font rien pour cela.

As-tu reçu les couvre-pieds ? Celui qu'on t'a envoyé de Baltimore et celui qui t'est venu de New York, lequel, comme de juste, s'est trouvé être exactement semblable. En pareil cas, ne serait-il pas d'élémentaire politesse que tu accuses réception ? Par ailleurs Harold m'a écrit qu'il t'envoyait *Redbook*, ce conte que j'ai écrit autrefois. L'as-tu lu ?

Tendres baisers,

Papa

1. Livre de Proverbes compris dans les apocryphes de l'Ancien Testament.

2. *Le soleil se lève aussi.*

P.S. : Tu as omis de m'envoyer la note de la seconde page, aussi j'ai été gêné pour compléter les listes de chansons élisabéthaines que j'avais dressées, si bien que la seconde comporte des répétitions. Tes professeurs doivent t'aimer pour ce laisser-aller superbe, mais je ne crois pas qu'un employeur te garderait cinq minutes.

Metro-Goldwyn-Mayer Corporation
Culver City (Californie)

Vendredi 18 novembre 1938

Très chère Scottie,

Je suis évidemment ravi d'entrevoir une lueur de sagesse dans ton comportement ; bien que tu n'aies révélé l'histoire du mandat égaré *qu'une fois* que la compagnie du télégraphe a enquêté sur toi[1], et même si, dans l'une des pages de ta lettre, tu montrais le désir d'aller à Baltimore de jeudi à samedi, alors que dans une autre tu n'en avais pas du tout l'intention.

Je suis désolé pour le thé de X[2]. Je n'ai rien contre elle, excepté qu'elle a pris de sacrés risques au sujet de Vassar, où je suppose qu'elle ne suit les cours que pour le prestige social qu'ils apportent. Elle a l'air gentil, plutôt transparente, un style qui s'est trop souvent retrouvé au Cottage Club[3] de Prince-

1. Scottie a prétendu ne pas avoir reçu un mandat de son père. Elle a d'abord incriminé les services postaux de Vassar, avant d'avouer qu'elle l'avait égaré. *(Note de Massimo Bacigalupo.)*

2. Les noms propres ont été caviardés par l'éditeur américain des lettres de Scott.

3. Club privé d'étudiants de Princeton fondé en 1884, dont a fait partie Fitzgerald dans sa jeunesse. Sur les clubs de Princeton, voir les notes 1 et 3 de la p. 192.

ton. Je souhaite que tu te trouves des amis plus intéressants. Pour réparer l'affront né de ton absence à sa fête, j'ai rédigé une charmante lettre à sa mère, expliquant que c'était mon évidente tyrannie qui te l'avait interdit. J'ai fait de même envers la mère de X.

En voulant répondre à mes questions, tu en as suscité quelques-unes toi-même. La réponse à celle concernant Baltimore peut être trouvée dans L'Ecclésiaste : *« Il y a un temps pour pleurer et un temps pour rire »*, etc. À quatorze ans, tu n'avais simplement pas l'âge de sortir le soir avec des garçons, du moins est-ce ce que Pete Finney et moi avons pensé, et à juste raison. Les parents de X, X et X raisonnaient différemment. Qui s'intéresse à une fille déflorée à seize ans ? La seule chose que tu me reproches encore est de t'avoir laissé aller, contrairement à mon opinion, au bal de l'école de St Andrew.

Il est à présent tout à fait raisonnable que tu sortes avec des garçons de l'université. (Je ne souhaitais pas que tu passes l'automne à Baltimore car je pensais que cela t'enverrait à Vassar l'esprit euphorique ou enamouré ; ce qui fut apparemment le cas puisque tu n'as rien fichu lors de ton premier mois là-bas. De plus, je ne voulais pas que tu commences cet automne par un enchaînement de matchs de football.) Si tu es invitée aux bals d'étudiants de Yale ou de Princeton, en hiver ou au printemps, par un garçon convenable – et je suis en droit de connaître son nom, s'il te plaît – je n'aurai absolument aucune objection à ce que tu t'y rendes. (Si cela ne tombe pas pendant une semaine d'examens.) Cette satanée affaire d'université n'est qu'une question de juste milieu. As-tu jamais entendu parler d'un étudiant, hormis s'il est un complet idiot, qui galopât entre Smith, Vassar et Wellesley[1] ? Certains petits sacrifices font partie de l'éducation universitaire, sinon il n'y aurait guère d'honneur à l'avoir reçue.

Mais ta lubie à propos de New York est aussi injustifiable que ton flirt en voiture l'était à quatorze ans. Je te retranscris l'extrait d'une lettre que j'ai écrite à Harold Ober : « Ces soirées de débutantes à New York sont le rendez-vous d'une bande de fainéants professionnels, d'écumeurs de marmite, de pédérastes, de losers, de "sophomores[2]" parmi les plus stupides, de boursicoteurs de Wall Street, d'écornifleurs et des plus grandes fripouilles de la société new-yorkaise qui porteraient aux nues une enfant comme Scottie pour l'exploiter et la presser jusqu'à ce qu'elle devienne un vieux chiffon délavé. Dans un an, elle saura faire face. Dans trois ans, cela lui aura passé. Cette année, elle est encore une gamine qui se laisserait éblouir. Elle est infiniment mieux ici à mes côtés que mêlée à ce genre de personnages. Je préfère subir la fâcherie d'une jeune fille pendant quelques mois qu'une névrosée pour

1. Ce sont trois universités de filles.

2. Les « sophomores » sont des étudiants de deuxième année.

le reste de ma vie. » Mais je n'ai pas besoin de te dire tout cela, tu as dû lire l'article dans le *Life*[1] sur cette imbécile de Brenda[2] et celui de *The New Yorker*[3] qui se moquait d'elle.

Parlons finances. L'intégralité de ton argent de poche pour lundi (13,85 dollars) te parviendra presque aussi vite que cette lettre. Je suis désolé que tu aies été incommodée par la perte des dix dollars mais sache que c'est un détail comparé à l'embarras que tu as fini par causer. Je vais aussi ajouter cinq dollars, ce qui te fera 18,85 dollars pour ton voyage à Baltimore, mais ces cinq dollars seront déduits de ton argent de poche la semaine prochaine. Je veux que tu restes à Baltimore jusqu'à dimanche et j'entends précisément à Baltimore, pas à Vassar, ni à Scarsdale. Cette somme doit absolument suffire à ton voyage.

Oui, en effet, c'est malheureux pour toi de devoir être surveillée comme une fille de dix ans. J'avais espéré que tu serais différente cette année. Si Peaches n'avait pas été avec toi ce premier jour à Hollywood, j'aurais donné une réplique cinglante à ton idée de faire chambre commune avec une débutante, comme j'en avais l'intention. J'ai laissé faire

---

1. Magazine américain fondé en 1883.

2. Brenda Frazier (1921-1982) était une célèbre et riche jeune héritière canadienne et américaine. Sa soirée de débutante a été tellement médiatisée qu'elle fut mise en couverture de *Life Magazine*.

3. Revue américaine fondée en 1925.

car je ne voulais pas que son séjour débute de la sorte. Comme toi, j'en ai assez de ce foutu sujet de conversation. Je peux très bien m'imaginer les gens dans les soirées à New York te pointer du doigt et dire : « C'est la fille de Scott Fitzgerald, elle est bien jeune pour siffler du champagne. Pourquoi ne fait-il rien ? »

Même si tes objectifs sont purement mondains, le chemin que je t'indique est le bon. La vraie réussite sociale, c'est une jolie fille qui joue ses cartes aussi finement que si elle était sans charme.

Très tendrement,

Papa

P.S. : S'il te plaît, expédie tes prochains courriers à ma nouvelle adresse : 5221 Amestoy Ave., Encino, Los Angeles, Californie.

Encino (Californie)

Décembre 1938

Scottie chérie,

Un mot de Mlle Barber m'apprend qu'il est fort possible que tu sois punie pour travail insuffisant. Je suis déçu mais non désespéré : on pouvait le prévoir dès septembre. En un sens, tu me ressembles : quand tout me paraissait aller comme sur des roulettes, en fait la chance m'échappait sournoisement et infailliblement. Par contre, souviens-toi que, dans les moments où tu luttes, peut-être avec l'impression que tu n'arrives à rien, où tu désespères même, c'est peut-être alors que tu progresses lentement mais sûrement. J'espère que ce mois de décembre a été l'une de ces périodes-là, qu'il a marqué le début d'un effort de ta part et que, *si* sanction il y a, elle sera bientôt levée. Le ton de la lettre de Mlle Barber m'a paru un peu sec ; sans doute lui as-tu déclaré que tu avais *dix-huit ans*, ce qui naturellement fait paraître sous un tout autre jour mes désirs au sujet de ton voyage à New York et me rend plutôt ridicule. La sympathie que la mesure en question t'avait value de ma part au premier abord s'en est trouvée diminuée, d'où mon télégramme.

Pressentant que tu es à court d'argent, je t'envoie une petite avance sur ton allocation du 19 décembre pour que tu ne tires pas le diable par la queue.

Mes projets sont tous indécis. Cette brochure de Princeton est-elle bien ?

Mille tendresses,

Papa

P.S. : Reçu ta lettre. Touché de ton désir que tes notes ne me tourmentent pas ; merci de m'avoir appris que les « première année » sont notées sec. « Je vois mal pourquoi tu es si furieux que je ne sois pas une élève brillante », me dis-tu. Voilà qui me va droit au cœur. Je ne sais lequel m'a le plus frappé de la pensée ou de l'expression. Que disait ton poème philosophique ? « Sois ma petite, petite, petite, petite femme ? »

Ceci me rappelle que je t'ai envoyé les livrets de W. S. Gilbert[1]. Ce que je te demande de lire, c'est *Patience* qui fut écrit en réplique à l'ascétisme de Wilde. As-tu aimé le poème de Dowson ? Quel roman moderne bien connu a pour titre l'un des vers de ce poème ?

Parlons de ton chef-d'œuvre : ton journal[2]. (Franchement, il contient de jolis passages, des choses bien vues, des traits spirituels, etc. J'en ai extrait les deux premières pages d'une copie dactylographiée et les ai envoyées à ta grand-mère.) J'y ai changé

1. Sir William Schwenck (1836-1911), librettiste et poète anglais, collaborateur de Sullivan, dont les opérettes ont joui d'une immense popularité.

2. Journal de son voyage en Europe.

peu de chose à part certains noms de personnes et ton allusion à l'état inquiétant de ta mère... Je n'ai changé ni un mot ni une ligne ; je n'ai même pas corrigé l'orthographe. Excuse ma carte : je n'ai jamais su par où tu étais venue de Suisse à Paris.

Qui verras-tu à Baltimore si tu y vas ? Le temps me manque pour dénicher quelque chose sur Ernest[1], mais son premier roman *50 000 dollars*[2] nous apprend quantité de choses sur lui. Je ne t'ai pas déduit une semaine d'argent de poche. Je voudrais bien que, dans ta *prochaine* lettre, la dernière que je recevrai avant les vacances, tu me dises *combien au juste tu dois au total !*

Papa

---

1. Hemingway.
2. *In Our Time*, paru en 1925.

1939

5521 Amestoy Avenue
Encino (Californie)

Janvier 1939

Pie chérie,

Je crois qu'il te faut déposer ce chèque d'ici au 3 février[1]. De toute façon, sitôt que tu es certaine de continuer, donne-le-leur. J'ai ajouté à la somme le coût des cours de musique d'après le catalogue. Tu dois savoir que tu n'acquerras aucun crédit scolaire[2] en suivant ce cours de premier niveau.

Je suppose que tu as achevé ta dissertation. Si tu l'écris toujours, n'oublie pas que l'âge du mariage est en grande partie une question d'ordre biologique. En Inde, les filles parviennent à l'âge nubile à treize ans, en Amérique du Sud, elles le sont plutôt vers quinze ou seize ans, quant aux Scandinaves, elles peuvent ne pas être mariables avant leurs vingt et un ans. Dans la vie, la majorité des questions reposent sur une base économique (au moins selon

1. Probablement le chèque du nouveau semestre à Vassar. *(Note de Massimo Bacigalupo.)*

2. Aux États-Unis, les étudiants d'université doivent acquérir un nombre minimum de « crédits » pour pouvoir obtenir un diplôme. Chaque cours apporte un nombre de crédits donné.

nous autres marxistes) mais pour celle-là, la biologie l'emporte sur l'économie. D'où l'existence des duègnes en Espagne et des chaperons en France, car même si ces peuples se rendent compte que, économiquement, il est plus avantageux d'attendre, la nature humaine, dans les contrées les plus au sud, a des besoins contraires.

Je vais m'occuper de l'affaire Turnbull[1].

Tu dois déjà avoir reçu des résultats de tes examens. J'espère que ça ira. Des deux côtés de ta famille, tu es la première femme à entreprendre des études supérieures, bien que plusieurs d'entre elles aient eu de l'instruction. Si tu acquiers quelques bonnes connaissances, tu pourras réveiller en toi bien des forces latentes et vivre une vie autrement plus satisfaisante et enrichissante que la plupart des jolies filles qui vivent aux États-Unis : ce sont des toquées, tournées vers le passé et plongées dans la mélancolie.

Qu'en est-il de Cynara[2] et du reste ? Je sens

---

1. En 1932, Fitzgerald loua « La Paix », une vieille maison sise sur les terres de la famille Turnbull au nord de Baltimore. Il y a résidé pendant un an et demi, se liant d'amitié avec tous les Turnbull et devenant une sorte d'oncle pour le petit Andrew, alors âgé de onze ans. Il l'est resté jusqu'à sa mort en 1940, alors qu'Andrew était, comme Fitzgerald en son temps, étudiant à Princeton. Andrew Turnbull rédigera une biographie de Scott Fitzgerald en 1962 (considérée comme l'une des majeures) et publiera deux volumes de sa correspondance.

2. À partir de janvier 1939, Scott Fitzgerald fait partie de l'équipe d'auteurs qui travaillent pour la MGM à l'adaptation

doucement monter en moi un début d'exaspération.

Mon adresse est simplement : Encino, Californie.

Ta lettre est un bijou d'esquives polies.

Love,

Papa

---

cinématographique du roman de Margaret Mitchell : *Gone with the Wind*. Le titre de ce livre provient d'un vers latin d'Ernest Dowson : *Non Sum Qualis eram Bonae Sub Regno Cynarae* (« J'ai beaucoup oublié, Cynara ! autant en emporte le vent »). En évoquant Cynara, il est probable que Fitzgerald ait demandé à Scottie de lire le roman et qu'il s'impatiente de ne pas avoir de ses retours.

Encino (Californie)

Hiver 1939

Scottie chérie,

Je sais que tu as regardé le chèque en premier lieu, or il ne s'agit *pas* d'une affaire commerciale. En ce moment, je suis trop las pour en discuter, mais tes chiffres sont faux. Néanmoins, j'ai demandé à ma secrétaire de contrôler les tiens et les miens. Je suppose que tu as dû faire quelque cadeau.

Désolé que tu aies l'impression que je vais abandonner le cinéma ; j'y travaille toujours. En ce moment, je suis occupé à remanier un scénario pour Paramount : un travail de deux semaines ; auparavant j'avais terminé un conte. Mais je suis persuadé qu'on ne va pas me sacrer sur-le-champ Czar de l'Industrie du Cinéma comme je le pensais il y a dix mois. Tant pis ! La vie, mon petit, m'a rabattu la crête ; Czar ou pas, nous tiendrons bon. Je suis même prêt à me contenter d'être l'assistant du Czar !

Je songe pour de bon à me mêler périodiquement de cinéma jusqu'à la fin de mes jours, mais ce travail ne satisfait guère l'âme, car il consiste à raconter des histoires tout justes bonnes pour des enfants, ce qui m'intéresse assez peu. Le cinéma est le plus puissant des moyens d'expression dont l'homme ait jamais disposé ; aussi est-il grand dommage que la censure ait dû s'en mêler et en faire ce qu'il est devenu, mais qu'y pouvons-nous ? *Seulement,* je ne signerai jamais plus de contrats qui m'obligeraient à n'écrire que des histoires enfantines pendant un an et demi !

Quoi qu'il en soit, me voici attelé au nouveau film de Madeleine Carrol. (Va donc voir *Café Society* : c'est fichtrement bon à mon avis. Celui-ci est également le fruit d'un travail d'équipe producteur-directeur-vedettes.) De quelque côté qu'on l'observe, la vie telle qu'on la présente dans les films est terriblement insipide, et l'on voudrait bien pouvoir l'élever au-dessus de cette médiocrité.

Tu ne m'as pas encore tenu parole pour tes lectures. Je le regrette, car tu vas m'obliger à te mettre le marché en main. Si tu me demandes une faveur, je veux que tu lises *Moll Flanders*[1]. Voici ce que je te propose : laisse tomber *Tono Bungay*[2], mais si tu n'apprécies pas suffisamment mes conseils pour faire quelques incursions dans la littérature au lieu de feuilleter *Life* et le *New Yorker*, je vais entrer dans une de ces humeurs ! Quand je ne m'attendris pas sur les efforts des gens, il me semble que je deviens de glace et sans pitié. Aussi, rends-moi compte sans tarder de ta lecture de *Moll Flanders* ; d'ici là envoie-moi par avion un autre prospectus du voyage que Mme Draper projette de faire avec ses élèves. Qui est cette dame ? Qui sont ces jeunes filles ? Et qui est Moll Flanders ?

---

1. Roman de Daniel Defoe.
2. Un des premiers romans de H.G. Wells.

J'espère que tu t'amuseras au bal de Princeton ; je t'en prie, ne sois pas trop… mais non, plus de prophéties ; commets tes propres bêtises. Je te dirai seulement : « Je t'en prie, n'exagère en rien ! » et, si tu dépasses la mesure, ne décline pas mon nom comme étant celui du père responsable ! (Soit dit en passant, ne fais jamais de déclaration à aucun journaliste, qu'il se présente ou non comme tel ; ceci est une prière très instante et des plus sages. Mon nom et toi qui le portes font encore jaser certains milieux, et mon mot d'ordre du moment est, pour trop de raisons que je ne puis te dire : « Silence ! » Je t'en conjure, fais-moi cette grâce !)

J'aimerais te retrouver quelque part au début d'avril, le 3 ou le 4.

Ta mère est toujours en Floride ; son départ semble avoir été différé.

Bien entendu, je suis heureux et ça me réchauffe le cœur d'apprendre, en dépit de ta grammaire défectueuse, que tes professeurs de français, d'anglais, et d'histoire, etc. Tu as presque brisé ta coquille et je ne puis guère être autre chose que ton ami le plus sûr, néanmoins tes actes continuent de m'affecter profondément ; or, de loin, je ne puis veiller sur toi qu'avec les yeux des gens de Vassar. Je ne puis comprendre que tu ne saisisses pas l'avantage certain qui se trouve à ta portée, toi qui n'avais pas un besoin *absolu* de faire des études parce que tu as la chance de posséder les dons des autres femmes, et qui *cependant es en mesure de les poursuivre*. Vois Tommy Hitchcock qui, revenu d'Angleterre en 1919, auréolé du bruit que ses évasions des camps allemands avaient fait dans la presse, et déjà célèbre comme champion de polo ; il s'est fait inscrire la même année à Harvard parce qu'il avait la modestie de se demander : « Qu'est-ce que je sais au juste ? » C'est cette humilité dans la gloire qui me l'a fait placer à jamais parmi les héros de mon panthéon.

Va et suis son exemple.

Bons baisers,

Papa

5521 Amestoy Avenue
Encino (Californie)

Mars 1939

Très chère Scottie,

J'ai été heureux comme un fou d'apprendre que l'orage était passé[1]. Fais en sorte qu'il ne revienne pas ! Au temps de Princeton, j'étais tellement libéré lorsqu'il est passé pour moi aussi, cela rouvrait la voie à toutes ces choses dont je rêvais et que j'ai oubliées depuis. La seconde fois, je n'ai jamais réussi à me sortir de ce pétrin scolaire, durant tout le temps qu'il me restait à l'université. Si tu ne deviens pas *trop* heureuse ce printemps, ne perds rien du terrain gagné. Tout va bien aller.

Félicitations. Je sais ce que cela signifie d'avoir accompli quelque chose par toi-même et pour toi-même. Comme une raison d'être, en somme. La seule excuse pour le rabat-joie tout là-haut, c'est que nous devons continuer à nous justifier chaque semaine de notre vie alors qu'il paraît que des moments de repos seraient parfois bien venus. As-tu jamais lu ces vers de Christina Rossetti[2] :

---

1. Pour cause de mauvais résultats, Scottie a enduré une période probatoire avec risque de renvoi de l'école. *(Note de Massimo Bacigalupo.)*

2. Christina Georgina Rossetti (1830-1894), poétesse anglaise, sœur du peintre Dante Gabriel Rossetti.

Et est-ce que la route conduit tout du long vers la montée ?

Oui. Jusqu'à l'extrême fin[1].

J'aimerais que tu fasses un cadeau à Peaches. Et plutôt quelque chose d'utile. Cela peut paraître excessif, mais nous vivons dans un monde où l'on doit savoir faire des concessions. Je t'accorde vingt-cinq dollars pour cela. Comme c'est un geste généreux, le cadeau se doit de rester simple – un objet qu'elle trouvera pratique et utile, rien à voir avec une montre ou une bague. Un objet tel que si tu ne l'avais pas acheté, Pete[2] aurait été forcé de le faire. Tu la connais suffisamment pour lui offrir quelque chose de personnel. Médite cela avec soin. Si tu lui dégotais une babiole, l'idée perdrait tout son sens.

En plus de cela, prends un cadeau pour ta mère, d'une valeur de quinze dollars. Je t'expédie donc :

Six jours sur Sea Island à 13 $:	78 $
Deux cadeaux :	40 $
Billets de train :	100 $
Vêtements :	50 $
Frais journaliers :	50 $
	310 $[3]

1. Vers tirés de son poème *Uphill* (1887) : « *And does the road wind uphill all the way ? Yes. To the very end.* »

2. Pete Finney (le père de Peaches).

3. La somme fait 318 $, et non 310 $.

Et pour couvrir le prix de l'avion, je porte cette somme à 350 $. Tu n'as aucune marge pour ce qui est de tes faux frais. Je connais trop cette manie de régaler tout le monde en accordant d'importants pourboires mais, à la fin, nous autres, les gens trop généreux, finissons par mourir de complications cardiaques, essayant de faire le bien et gratifiant des gens qui n'en valent pas la peine. Aussi, joue à l'indigente et calcule la moindre menue monnaie.

Je suis tout aussi content que Cottage ait perdu[1]. Ils ont dominé cinq ans durant, le temps était venu que ce soit à quelqu'un d'autre. La seule chose saine de ce système diabolique est qu'aucune des quatre ne reste vainqueur bien longtemps. À mon époque, c'était Tiger Inn[2] – depuis lors ils ont tous pris leur tour. As-tu rencontré un homme nommé Ralph Wyer au bal de l'école ? Il est du Minnesota et, dans l'ensemble, il me semble être un gars admirable. Je l'ai vu perdre une dent avec beaucoup de grâce lors d'une rencontre de hockey à la kermesse d'hiver de Dartmouth.

Ton commentaire sur les mérites satiriques des romans anglais est tout à fait pertinent. Si tu veux un livre qui calmera ton irritation, lis *La Maison d'Âpre-Vent* (le meilleur Dickens), ou, si tu préfères

---

1. Voir la note 3 de la p. 132. Les clubs de Princeton s'affrontent au cours de l'année dans différentes épreuves.

2. Autre club privé d'étudiants de Princeton. Voir les notes 1 et 3 de la p. 192.

sonder le monde des émotions, pas tout de suite mais dans quelques années, lis *Les Frères Karamazov* de Dostoïevski. Là tu verras ce que peut le roman. Content que tu aies aimé Butler[1], j'ai apprécié le passage où le père d'Ernest « se détourna pour dissimuler son manque d'émotion ». Mon Dieu, quelle exactitude sur la haine dans ces quelques lignes. J'aimerais détenir le pouvoir de détruire quelques-unes de mes détestations, comme Tante Rosalind par exemple, avec autant d'adresse de tueur que ça.

Encore une fois, merci pour ton télégramme. Je dois vraiment énormément t'aimer pour que tu sois à ce point capable de me remonter le moral et de le saper.

Jove[2]

(Parfois connu sous le nom de Jupiter ou de Papa Angelicus)

---

1. Samuel Butler (1865-1902), écrivain britannique. Scott fait référence au personnage d'Ernest dans son roman semi-autobiographique, *The Way of all Flesh* (*Ainsi va toute chair*) qui fustige l'hypocrisie de l'ère victorienne. Dans une lettre du 18 septembre 1919 à son éditeur Maxwell Perkins, Scott dit de « Notebooks », de S. Butler, qu'il s'agit d'un document que tous les jeunes auteurs devraient lire.

2. Jeu de mots avec « Love ».

Encino (Californie)

11 mars 1939

Chère Scottie,

Merci pour ta longue lettre à propos de tes cours. En somme, je pense que tu as bien fait de choisir le français comme matière principale. Sans doute y aura-t-il un concours pour les bourses d'études en Sorbonne ; ce pourrait être un but à ne pas négliger. En outre, si tu désires t'inscrire pour un cours d'anglais, je trouve ton choix judicieux. Une fois encore, j'approuve que tu prennes l'histoire de la musique si cela te plaît. Mais je voudrais bien que tu réexamines à fond la question de la chimie. Cette matière exige beaucoup de travail, un soin méticuleux et une exactitude rigoureuse pendant de longues heures de laboratoire. De plus, si tu ne possèdes pas tes mathématiques sur le bout des doigts – or tu n'y as jamais réussi –, tu devras constamment refaire tes expériences pour des erreurs infimes ; je ne te vois pas du tout concilier ce travail avec tes heures de piano et tes exercices physiques quotidiens.

Je te suggère de t'inscrire pour le cours *élémentaire* de physique. J'ignore si on te le permettra, puisque tu l'as déjà suivi en vue de l'examen d'admission, mais ce n'est pas impossible, et pour une matière essentielle et très intéressante, tu la trouverais relativement facile. Par contre, je ne te conseille pas le cours de physique de seconde année qui demanderait autant de mathématiques que la chimie. Mais si – à Dieu ne plaise ! – on insiste pour que tu suives un cours de sciences, je te conseillerai de choisir par ordre de préférence : la botanique, la physiologie ou la puériculture. Songe à l'immense plaisir, presque suffisant pour les consoler du tragique de la vie, que les fleurs ont procuré à ta mère et à ta grand-mère. Tu pourrais peut-être devenir architecte-paysagiste comme Le Nôtre mais là aussi les dons personnels comptent pour beaucoup. Toute ma vie j'ai souffert du manque de passe-temps favoris autres que l'art militaire et le football. La botanique est une science tellement sûre. Elle a les pieds sur terre. Après avoir lu Thoreau[1] j'ai senti combien j'ai perdu en tenant la nature à l'écart de ma vie.

En philosophie je présume que, de tous les sujets possibles, tes questions d'examen porteront sur les plus grands philosophes ; un effort particulier sur Platon, saint Thomas d'Aquin et Descartes serait plus rentable qu'une nouvelle étude de tout le cours depuis le début. Surtout garde-toi de l'abandonner par découragement comme quelque chose d'inutile. Es-tu sûre de comprendre parfaitement tous les sens

1. Thoreau (1817-1862), auteur de *Walden ou la vie dans les bois*.

que des termes comme *nominaliste* et *réaliste* ont pris au cours des siècles ? Je veux que tu continues à t'intéresser à la philosophie, tout au moins jusqu'à Hegel, source de toute la pensée marxiste ; tu conviendras sûrement que le marxisme ne se mêle pas de vagues sophismes, mais s'intègre au système le plus pratique de la révolution matérialiste.

Je propose que tu ailles à Sea Island avec le groupe, puis que tu reviennes seule et passes au moins un jour entier avec ta mère à Asheville et, si tu le désires, un jour à Baltimore ; les Finney seraient un peu froissés si tu ne leur faisais pas au moins une visite de politesse. Je ferai de mon mieux pour être dans l'Est vers le 2 et te rencontrer là-bas, peut-être à Asheville, mais je me suis laissé embarquer dans la création d'un nouveau film, ce qui pourrait me retenir jusqu'au 10 avril ; par contre, toute l'affaire peut rater du jour au lendemain. (C'est le nouveau film avec Carroll et MacMurray.)

Bien tendrement,

Papa

P.S. : Pourrais-tu me soumettre un aperçu du budget de ton séjour à Sea Island ?

Sd P.S. : Tu n'as pas tout à fait raison à propos des traductions (sans doute la poésie est-elle intraduisible, encore que, même là, nous avons des exceptions telles que *Les Rubaiyat*[1]. Les traductions du russe de Constance Garnett sont excellentes, et celle de Proust par Scott-Moncrieff est en soi un chef-d'œuvre. Autre chose : n'abandonne pas à mi-chemin ta lecture de bons ouvrages : tu te voles toi-même. Tu n'aurais pas dû entreprendre celle de *La Guerre et la Paix* qui est un livre pour adultes et pourra t'intéresser plus tard ; en revanche, tu devrais achever celle de Defoe et de Samuel Butler[2]. Ne pousse pas la prodigalité jusqu'à gâcher les chefs-d'œuvre qui pourraient t'enrichir. Il y en a trop peu !

1. Quatrains du poète persan Omar Khayyam, traduits par l'écrivain anglais Edward Fitzgerald (1859).

2. Voir la note 1, p. 153, de la lettre de Scott de mars 1939.

5521 Amestoy Avenue
Encino (Californie)

Samedi 6 mai 1939

Très chère,

Je t'envoie quatre semaines d'argent de poche et j'espère que tu sauras faire avec. Ta douce lettre m'attendait à mon retour. *Je te prie,* libère-toi entièrement de tes dettes. Tu sais que si les choses devenaient incontrôlables, tu peux toujours demander mon aide ; seulement je supporte le choc d'une légère maladie et, pendant quelques mois, je vais devoir compter les pennies, d'ici à ce que ça passe ; aussi ne te lance pas dans les dépenses en t'offrant une nouvelle garde-robe de printemps.

Pour ce qui est des projets de juin, ils dépendent de facteurs sur lesquels, en ce moment, je n'ai absolument aucun contrôle. En clair, je ne sais pas ce que nous sommes susceptibles de pouvoir faire. Hormis le fait que j'ai cette maison et que je vais probablement faire venir ici ta mère pour un mois environ (ne le lui mentionne sous aucun prétexte dans tes lettres car tout est prêt avec l'hôpital mais je n'ai encore rien divulgué au docteur Carroll). Je ne te suggère toujours pas de venir. Vois-tu, cela nous ramènerait forcément, comme il y a cinq ans à Baltimore, à ces rapports déplorables où je me vois plus ou moins dans la position déplaisante d'être un espion dans ta vie privée.

Je réfléchis à quelques possibilités. Une parmi d'autres : aimerais-tu aller en Russie avec un groupe de filles dans un tour organisé à prix intéressant ? Je suis certain que de telles choses sont proposées à Vassar, tu n'as qu'à te renseigner et me faire parvenir les conditions. J'imagine un voyage de trois ou quatre semaines. Je confirme ne toujours pas vouloir que tu retournes en France cet été. Cela pourrait être quelque chose de partir en Russie pour une expédition sans luxe superflu. Forge-toi une opinion sur comment élaborer une telle entreprise.

J'ai plusieurs autres cordes à mon arc, mais je ne te révèle pas tout d'un coup. Enfin, pourquoi Hollywood ?

Que veux-tu y faire ? Je ne te vois pas en lectrice de studio, à te lancer dans des mauvais romans ou, pire, dans des articles de magazines tout l'été, être à ce point crevée en fin de la journée que tu en deviens prête à tout, même à ces garçons décervelés de Californie.

La question de savoir s'il fallait te faire passer une audition m'a traversé aussi l'esprit, mais j'ai trouvé au moins trois ou quatre raisons qui se sont dressées contre. Primo, tu devrais patienter encore une année. Secundo, je veux que tu fasses un an de plus à Vassar puis que tu débutes ensuite à Baltimore. Imagine que tu sois douée ? Cela brouillerait alors complètement les cartes que nous avions élaborées lorsque nous étions sur la côte Est. Mais que pourrais-tu faire d'autre ici ? Veux-tu venir et être ma secrétaire ? *Rions ensemble à mi-voix, et sans gaieté, avec un ton à la Boris Karloff*[1]. Au sujet des idées que tu as émises précédemment, j'ai oublié si nous en avons discuté ou pas, mais l'une d'entre elles me revient en tête : ne devais-tu pas participer à une tournée théâtrale d'été dans une de ces petites villes de la Nouvelle-Angleterre ? Mon chou, je peux tout aussi bien te proposer à la traite des Blanches et m'en faire un boulot à plein temps. Pour les filles comme toi, cela se limitera à un job frivole et à une compétition féroce entre vous pour savoir laquelle aura l'honneur d'être courtisée par l'acteur principal.

Je ne doute pas que tu as eu toutes sortes d'idées ; en ce cas, pourquoi ne pas en dresser la liste et me l'envoyer ? Nous finirons bien par trouver quelque chose qui nous contente tous les deux.

Je crois avoir entièrement répondu à ta lettre. Pour ce qui est de la conduite, j'ai une nouvelle idée que je garde encore un mois, car je trouve pour ainsi dire dangereux qu'une fille de ton âge ne sache pas conduire.

Tendrement,

Papa

1. Acteur britannique de films d'horreur (1887-1969), de son vrai nom William Henry Pratt, devenu célèbre en 1932 pour son rôle de Frankenstein.

Encino (Californie)

Jeudi 13 juillet 1939

Pie chérie,

Une des pièces jointes à cette lettre, j'en ai bien peur, sera une sacrée mauvaise nouvelle pour toi. C'est trop bête d'avoir échoué de si peu, je me demande comment tu as pu t'imaginer avoir si brillamment réussi tes examens. Peut-être que Meredith n'a pas été la seule à souffrir de visites pendant cette période.

J'ignore à quel point cela affectera ton prochain semestre à l'automne. Je croyais que l'idée était que Peaches et toi organiseriez une soirée toutes les deux. La somme totale engagée n'est pas excessive et tu peux l'employer si nécessaire. Mais, cette fois-ci, je veux voir une liste des invités et je veux que tu t'en occupes cet été. Il y a certains de mes amis d'ici (Charles, pour ne citer que lui) et de tes cousins qui doivent être conviés. En second lieu, et c'est le plus important, si tu es consignée, comment vas-tu pouvoir accomplir ces allers-retours entre Baltimore et Poughkeepsie, ce que tu avais recommencé à faire dès la fin de ta sanction en avril ? Tu vas vouloir, par exemple, aller à la fête de Peaches, au bal des diplômées, et assister aux débuts de ton groupe d'amies. Est-ce qu'on va t'autoriser, et est-ce seulement conciliable avec ton idée de composer la musique pour le spectacle de Vassar – ou est-ce simplement une ambition de ta part que tu évoques comme un fait acquis ? Tu surcharges ta vie avec un nombre démesuré de choses qui pourraient toutes bien s'agencer si tu faisais preuve d'un tempérament différent, mais dans ton cas, avec ton déplorable sens de l'organisation, je ne pense pas que tu aies la moindre chance au monde de faire des étincelles là-bas l'année prochaine, à moins de tout simplifier drastiquement. Parler, c'est une chose ; mener à bien, en est une autre.

Ce qui est le plus important pour moi, c'est que tu termines une année supplémentaire à Vassar, et j'aimerais que tu sois présente au bal à Baltimore. Tout le reste me semble absolument accessoire.

De toute façon, comme je te l'ai déjà écrit, la pagaille de cet été n'est pas de ton fait. Je ne sais toujours pas de manière claire ce que je vais faire de toi. Cette maison, qui était parfaite jusqu'en mai, a brûlé dans un incendie infernal, avec le reste de la vallée de San Fernando, et le docteur veut que je retourne en ville *[...]*

[...][1]

Ci-joint ton argent indûment obtenu avec lequel tu peux régler là-bas tes frais de pensionnat et t'en contenter jusqu'à ce qu'il me soit commode de t'envoyer plus. Je te remercie pour tes excuses au sujet de l'article dans *Mademoiselle*. Ton explication sur l'entêtement et l'appât du gain qui t'ont poussée

1. Une partie de cette lettre est manquante.

à l'écrire suffisent à ta cause, aussi oublions ça. De toute façon, comme les trois premiers paragraphes ont suffi pour me retourner l'estomac, je ne l'ai jamais lue jusqu'au bout. La chose la plus utile que tu puisses faire en ce moment, c'est de rendre ta mère heureuse. Depuis le début de sa maladie, j'y ai consacré près de trois ans et demi ; je suppose que deux semaines ne te tueront pas, d'autant que tu es convaincue qu'elle se porte très bien.

Tendrement,

Papa

July 13
1939

Dearest Pie:-

One of the enclosures I am afraid, will be pretty bad news for you. It's a shame to have missed it by so little, but I wonder why you thought you had done so magnificently in the examinations. Perhaps Meredith wasn't the only one that suffered from those calls during that period.

I don't know how this will affect next Fall. I thought the idea was that you and Peaches were to have a party together. The actual sum involved isn't great and you can go ahead with it if necessary. But this time I want to see a list of the invitations and I want you to work on it this summer. ([illegible] for instance) There are certain friends of mine there and cousins of yours that must be included. Secondly, and more important, if you are on probation are you going to be able to do this floating back and forth between Baltimore and Poughkeepsie which you seem to have gone back to as soon as you got off probation in April? You will, for instance, want to go to Peaches' party, Bachelor Cotillion and debuts of members of your own crowd. Will that be allowed and how does that square with your idea of writing the music for the Vassar Play or is that simply an ambition stated as a fact. You're crowding up your life with an awful lot of stuff which all might fit in if you had a different temperament, but in your case with your wretched planning, I don't think you have a chance in the world of making any kind of record there next year unless you reduce it all to much simpler terms. Anyhow, talking about a thing is very far from bringing it off.

The most important thing to me is that you complete one more year at Vassar and I would like you to be present at the Bachelor Cotillion in Baltimore. Everything else seems utterly subsidiary.

However, as I wrote you before, the mess of this summer is not your fault. I still do not know exactly what to do with you. This house which was perfect up till May has turned into a blazing inferno with the rest of the San Fernando Valley and the doctor wants [illegible] move into town. That need not affect your vi[illegible] upset. I don't like e[illegible]ct, I want you [illegible] from me. [illegible]tical.

go to Baltimore.

Enclosed are your ill gotten gains with which you can pay your board bills there and keep going until I find it convenient to send you more. Thanks for your apology about the Mademoiselle article. Your explanation of the mixed stubborness and greed that made you do it pretty well covers the case so let's forget it. I got sick to my stomach after the first three paragraphs so I never finished it, anyway. The most useful thing you can do at present is to make your mother happy. Since her illness began I worked at it about $3\frac{1}{2}$ years so I guess another two weeks won't be too much of a strain, especially as you are convinced that she is entirely well.

With love,

~~Scott~~ Daddy

5521 Amestoy Avenue
Encino, California

5521 Amestoy Avenue
Encino (Californie)

Vendredi 14 juillet 1939
Seconde lettre

Très chère Scottie,

Pour « L'Office des Explications Supérieures », s'il te plaît, dis-m'en davantage sur cette fête que tu projettes de donner, avant de t'engager plus avant avec l'hôtel. Le plus j'y pense et le moins il me paraît possible de la concilier avec ta sanction ; surtout si l'on considère la distance entre Poughkeepsie et Baltimore[1]. Apparemment, la seule fois où tu aies vraiment produit un semblant de travail, ces dernières années, fut entre janvier et avril 1939, lorsque tu étais interdite de sorties. Évidemment, maintenant que Meredith[2] est libre d'aller se trouver un job de bookmaker sur les champs de course du Maryland, et que, pour un temps, il aura probablement plus de dollars sonnants et trébuchants dans sa poche que s'il avait poursuivi ses études, tu penses que, comme lui, tu peux laisser tomber Vassar. J'implore le ciel que la faculté de reconnaître l'importance des choses te rentre dans la tête.

1. Trois cent cinquante kilomètres séparent Baltimore du Maryland et Poughkeepsie de l'État de New York.

2. Meredith Boyce (voir le texte d'introduction de Scottie).

Comme je te l'ai dit, la somme me paraît un peu juste, du reste je me demande quel genre de fête tu comptes donner pour un si petit budget. As-tu pensé au coût de l'orchestre, à l'alcool pour les adultes, ou à toute autre chose d'ailleurs ? Je ne pense pas que cela te ferait plaisir si ta petite fête avait lieu juste après celle donnée par une fille riche où du champagne aurait été versé toute la nuit. Dans tous les cas, il me paraît bien plus souhaitable d'organiser un thé. N'est-ce pas Dorothy Burns qui a débuté[1] ainsi à New York ?

J'ai très envie de te voir afin que nous puissions parler de plein de choses, l'esprit calme et détendu. Cela ne saurait tarder maintenant mais, pour me répéter une fois encore, s'il te plaît, évite les routes de montagne lorsque les conducteurs sont ivres et tâche de faire en sorte que cet été reste un agréable souvenir dans la mémoire de ta mère.

J'ai reçu les honoraires du médecin et je m'en occuperai d'ici. Bien sûr.

Bien tendrement,

Papa

1. Les débutantes sont des jeunes filles de l'aristocratie ou issues des classes élevées de la société ; lors de soirées appelées en anglais « *debut* » ou « *coming out* », elles sont officiellement présentées. Autrefois, il s'agissait pour les parents d'annoncer que leur fille était en âge de se marier et les soirées étaient l'occasion de lui faire rencontrer des garçons du même rang social qu'elle.

P.S. : Au sujet des magazines, j'ai dû confondre. Condé Nast[1] possède *Glamour* et non *Mademoiselle*[2]. La Street & Smith Company[3], c'est comme se retrouver embringué au sein du gang d'Al Capone.

---

1. Condé Nast (1873-1942) est le fondateur de Condé Nast Publications, le plus important groupe de presse américain, comptant parmi ses titres *Vanity Fair* et *Vogue*.

2. Dans son édition de juillet 1939, *Mademoiselle* a demandé à Scottie un article sur la défense de la jeunesse actuelle. L'article s'intitule « *A Short Retort* ». Scottie ne l'a pas montré à son père. Lorsqu'il apprendra la publication, il lui enverra dans un télégramme : « Cette affaire de *Mademoiselle* n'est qu'une façon de tirer quelque chose de toi à cinquante dollars, et qui leur en aurait coûté dix fois plus avec moi. C'est à moi de pourvoir ma famille. Ne leur écris plus rien sans me le soumettre au préalable. » Lorsqu'il aura lu l'article : « Dans le futur, s'il te plaît, choisis-toi n'importe quel nom, mais pas le mien, pour signer tes écrits. Tu devais vraiment avoir besoin de ces cinquante dollars pour les laisser imprimer une vision si banale et avilie de ta jeunesse. »

3. The Street & Smith Company était une importante société d'édition américaine fondée en 1855 et basée à New York, qui publiait des revues de luxe, des livres de poche, des bandes dessinées, des romans bon marché, etc.

Encino (Californie)

31 octobre 1939

Scottina,

(Sais-tu que ce n'est pas là un sobriquet de mon invention, mais celui que Gerald Murphy avait imaginé sur la Riviera, il y a des années ?) Écoute ! J'ai commencé d'écrire quelque chose qui pourra être fameux et qui va m'occuper entre quatre et six mois. Il est possible que nous n'en tirions pas grand-chose, mais je rentrerai dans mes frais, et surtout, c'est le premier travail que j'aurai fait avec amour depuis la première partie d'*Infidélité*. (Te rappelles-tu ce scénario inachevé auquel la censure a opposé son veto et que je t'ai montré à Norfolk il y a eu deux ans à Pâques ? Tu l'as parcouru dans la cabine d'un de ces paquebots qui font la navette entre Baltimore et Norfolk.)

En tout cas, je me sens revivre : parvenir jusqu'à ce fichu mois d'octobre a été dur avec tout ce surmenage, ces soucis d'argent, ces humiliations perpétuelles. Je ne bois pas. Je ne suis pas un grand bonhomme, mais il m'arrive parfois de penser que le caractère impersonnel et objectif de mon talent, et les sacrifices qu'il m'en a coûté à maintes reprises pour en conserver le meilleur, revêtent une sorte de grandeur épique. Quoi qu'il en soit, après des heures de dur travail, je me berce de ce genre d'illusions.

De plus, je crois que, en lisant ce livre qui embrassera les années où tu m'as connu homme fait, tu comprendras avec quelle ardeur j'ai étudié le monde où tu évolues ; pas sous tous ses aspects, car j'étais trop malade pour m'y mêler. Si je vis assez vieux, tu me diras comment tu vois les choses, mais je pense qu'il vaut mieux que tu mesures d'instinct les limites de tes dons artistiques ; tu pourrais les essayer çà et là dans des directions différentes et finir par trouver ta voie comme j'ai trouvé la mienne, mais je ne crois pas que, jusqu'ici, tu aies manifesté des dons innés.

Alors, que faire ? Ces années d'études sont tellement précieuses ! Permets que je suive tes progrès encore un peu de temps. Quels cours suis-tu ? Donne-m'en la liste, je te prie. De grâce, fais-moi ce plaisir. Je t'en conjure, n'exige pas de moi une dépense nerveuse telle que, lorsque j'en suis capable, je puis en général distinguer de loin la coloration des cheveux de ta monitrice ou reconstruire le crime de mars 1938 d'après un chiffon, un os et une poignée de cheveux ! Donne-moi seulement les grandes lignes de ton plan d'études.

a) Que dit-on de moi chez les Ober : « Quel dommage » ?

b) Qu'est-ce que cette fable d'après laquelle j'aurais dit à Mme Owens que tu es une petite gouape ?

c) Dans quelle pièce joues-tu ?

d) À quels bals, à quels matchs es-tu allée ? Au moins, fais en sorte que je revive ma jeunesse !

e) Écris-moi comme une fille à son papa, non comme la folle enfant d'un génie devenu fou ; dis-moi ce que tu fais et comment tu t'y prends.

f) Quelles fournitures te faut-il ? As-tu encore besoin de gravures ?

g) Qu'a écrit Rosalind ?

h) Veux-tu qu'on te fasse subir un essai ici ?

i) As-tu jamais songé à rendre visite aux Murphy pour leur faire plaisir à *eux*, non pour t'excuser ?

Je suis heureux que tu lises Malraux. As-tu ton permis de conduire ? Mary Earle est-elle gentille ? Au Connecticut, elle m'a fait au premier abord l'impression d'une jeune espiègle courageuse et adorable.

Tendres baisers de

Papa

5521 Amestoy Avenue
Encino (Californie)

Lundi 20 novembre 1939

Pie chérie,

Je suis désolé que cette semaine soit si mauvaise, ne rien t'épargner jamais doit vraiment te peser. Toutefois j'ai écrit à Franklin Simon[1] pour leur demander de t'octroyer un crédit allant jusqu'à quarante dollars, ce qui devrait suffire pour la robe. Je ne pense pas être assez solvable pour ouvrir un compte chez Saks[2], même si je sais que tu préférerais faire tes courses là-bas. J'ai eu pendant longtemps un compte chez Franklin Simon et je suis sûr que cela ne posera pas de problème de le rouvrir.

Les dix dollars ci-joints, ajoutés aux autres dix dollars que tu as dû recevoir ce matin, devraient suffire à payer les transports et te permettre de récupérer ton manteau au garde-meuble. Mais, pour l'amour de Dieu, vas-y doucement et compte tes pennies.

---

1. Franklin Simon & Co était un magasin situé à Manhattan, fondé en 1902, et spécialisé dans les importations européennes, vendues au même prix que les biens nationaux.

2. Grand magasin situé sur la Cinquième Avenue à New York, fondé en 1898.

J'espère que tu t'amuses bien. Je devrais savoir la semaine prochaine si *Collier's*[1] va soutenir solidement mon roman ou non.

Tendrement,

Papa

1. *Collier's Weekly*, prestigieux magazine américain (1888-1957).

5221 Amestoy Avenue
Encino (Californie)
27 décembre 1939

Très chère Scottie,

Il va de soi que je suis extrêmement désireux d'en savoir plus sur ta nouvelle. Dans l'immédiat, as-tu perçu l'argent et peux-tu faire avec ce que tu as ? Si tu descendais dans le Sud, ce qui n'a pas encore été décidé, je pense que tu devrais vraiment te rendre à Asheville, au moins pour voir ta mère ; bien sûr, je paierai pour le billet de train. Les choses ne roulent toujours pas ici, qu'il s'agisse de la santé ou des finances, mais cela s'améliore ; c'est infiniment mieux qu'il y a six semaines. Si tu pouvais utiliser ton argent pour couvrir une partie de tes vacances, je te rembourserais dès que possible.

C'en est fini de l'affaire du manteau de fourrure. Lorsque je te verrai, je te la raconterai : à titre confidentiel, c'est une histoire assez invraisemblable. Tu ne devineras jamais ce que cela cache. Mais garde pour toi seule le nom de la personne citée, surtout si tu vois la famille de ta mère, déjà qu'ils pensent que je suis à moitié cinglé.

As-tu lu *Kitty Foyle*[1] ? C'est vraiment excellent.

---

1. *Kitty Foyle, The Natural History of a Woman*, est un roman américain de 1939, écrit par Christopher Morley, qui a

Est-ce que toutes tes amies ont débuté à la même soirée de bal ? C'était curieux de rencontrer tes vieilles copines, Sally Page et Joan Achiles, sur la liste de New York. Est-ce que la petite Mackey a débuté ? Dès que tu en auras le temps, écris-moi, en particulier sur ta nouvelle. Je n'ai reçu aucun bulletin de notes de l'université. Y a-t-il une raison à cela ? En attendant, envoie-moi un télégramme pour me dire si tout est en place et je te répondrai d'ici la Saint-Sylvestre pour te faire savoir si tu peux te permettre ce voyage dans le Sud, à Asheville ou éventuellement à Montgomery, même si cela me paraît de plus en plus improbable.

Tendrement, toujours,

Papa

---

tout de suite rencontré un immense succès. Fitzgerald espère travailler à son adaptation au cinéma.

Encino (Californie)

Samedi 30 décembre 1939

Pie chérie,

Je pense que je vais travailler sous peu pour un film, très probablement *Kitty Foyle*, mais pas avant le 3 janvier, aussi je ne vois pas comment je pourrais me permettre de vous envoyer à Montgomery, ta mère et toi, comme je le voulais. Voilà donc ce que tu vas faire : tu descendras là-bas le 3 et tu y resteras trois à cinq jours. Entre nous, restes-y jusqu'à ce que tu n'en puisses plus et tant que, de ton point de vue, tu te sentiras capable de procurer de la joie et du bonheur à ta mère. Elle a passé beaucoup de temps sans voir personne de sa famille. S'il te plaît, souviens-toi de lui parler des choses les plus sérieuses de ta vie, comme tes études, ta difficulté à écrire, etc., car je crois qu'elle devient assez mélancolique. Elle s'imagine que tout le monde, à l'extérieur, passe sa vie dans une salle de bal.

Au sujet de l'argent, la situation est difficile. J'ai des arriérés sur une facture de l'hôpital et c'est pour cette raison qu'il m'est difficile de lui faire parvenir de l'argent pour ses dépenses. Ne pourrais-tu pas utiliser ce chèque pour lui acheter les petites choses dont elle a envie ? Tu pourrais même prétendre que c'est une partie de l'argent que tu as obtenu du *New Yorker*. De la sorte, à l'hôpital, ils ne jugeront pas indélicat de ma part de lui envoyer des cadeaux alors que je ne suis pas à jour dans leur comptabilité.

Même s'il est possible que je travaille à plein temps pour un studio[1], la situation sera encore assez serrée pendant quelques mois, mais je ne veux pas que tu menaces ta progression au collège en te dédiant entièrement à l'écriture. Il est fort probable que tes deuxième et troisième nouvelles ne soient pas bonnes. J'entends que l'on peut devenir trop confiant après un premier succès. Mais le point le plus important reste que je pourvoirai toujours aux fonds nécessaires pour ton deuxième semestre d'études et aux autres… Alors ne te lance pas dans l'écriture avec l'idée d'en tirer de l'argent facile, ce serait aussi nuisible pour ton travail littéraire que pour tes études. Lorsque tu seras dans le train, trouve le temps de m'écrire une petite lettre qui résume toutes les choses que je veux savoir.

Après la visite rendue à ta mère, peu m'importe où tu iras. Si cela te fait plaisir, lors du voyage retour, descends du train à Danville et va voir Ceecie[2] à Norfolk pour un jour ou deux. J'ai inclus quinze dollars destinés à un billet couchette pour

---

1. Le film tiré de *Kitty Foyle* (voir la note 1 de la p. 175) sera produit par le studio RKO. Scott ne travaillera finalement pas sur le scénario. Dalton Trumbo lui sera préféré.

2. Surnom de Cecilia Taylor, la cousine préférée de Scott. Née en 1880, elle habite à Norfolk, en Virginie, et a eu quatre filles. Elle aurait inspiré le personnage de Clara dans *This Side of Paradise*.

Asheville, car ces vieux wagons de l'après-midi sont pleins de courants d'air à cette époque de l'année et ce serait une fausse économie de les choisir – nous serions quasi certains de devoir payer des honoraires à un médecin. Les vingt-cinq dollars en supplément sont dans l'idée d'acheter à ta mère tout ce qu'elle souhaite. Sa dernière lettre trahissait une terrible déprime et de la tristesse. Pour une fille qui a grandi plutôt modestement, elle s'est toujours montrée peu débrouillarde et, d'une façon surprenante, incapable de s'adapter aux situations ; maintenant que nous sommes pauvres, elle n'a pas d'autre idée que d'aller s'acheter des vêtements à crédit chez Jean West, à Asheville. À l'hôpital, on n'a pu faire autrement que de les remarquer et de se demander d'où ils proviennent et qui les paie.

À propos, mon article publié dans *Liberty*[1] a été écrit il y a trois ans dans des circonstances pires que désespérées, aussi n'imagine pas qu'il dépeigne ce que je produis actuellement. Je l'avais rédigé pour *Pictorial Review*[2] qui, après faillite, l'a revendu à *Liberty*.

De toute évidence, le moins j'en dis sur moi, le mieux c'est. Les Horton[3] me laissent garder la mai-

---

1. Hebdomadaire fondé en 1924. À une époque, il fut classé « deuxième magazine le plus lu aux USA » après *The Saturday Evening*.

2. *Pictorial Review* est un magazine féminin fondé en 1899. En juin 1931, il s'imprimait à 2 540 000 exemplaires. Huit ans plus tard, il avait fait faillite.

3. Edward Horton, acteur américain (1886-1970), loue son cottage d'Encino à Fitzgerald. Dans une lettre du 26 décembre

son avec un loyer très réduit, car l'air de la vallée est excellent pour tous les problèmes pulmonaires, mais je devrai peut-être déménager dans un mois. Earleen est sur le point d'accoucher. Sinon rien d'autre.

Tendrement,

Papa

P.S. : Quand tu iras te promener avec ta mère, ce serait peut-être un geste élégant de lui donner cinq dollars en lui disant que cela provient de moi. Ah oui, n'essaie pas de descendre au Grove Park Inn avec cette somme.

1939, Scott évoque la proposition d'Isabel Horton, épouse d'Edward, de réduire son loyer à cent cinquante dollars.

1940

5521 Amestoy Avenue
Encino (Californie)

Mardi 16 janvier 1940

Chère Scottina,

Merci pour ta très gentille lettre. Ta mère a été heureuse de te voir. Dès que je me suis aperçu que tes résultats scolaires ne m'avaient pas été expédiés comme l'an dernier, j'ai envoyé un télégramme au secrétariat de l'université en pensant qu'ils avaient peut-être été égarés. J'ai reçu en retour un courrier très plaisant de la doyenne, Mme Thompson, dans lequel elle m'expliquait que tu avais enfin atteint la moyenne. Elle a aussi ajouté : « Je souhaiterais profiter de cette occasion pour vous dire combien j'ai été enchantée de constater l'extraordinaire travail de votre fille lors de la fête des étudiants de deuxième année. Elle a incontestablement révélé des talents en art dramatique. »

Je suis triste d'apprendre ton niveau en physique mais je reste convaincu que tes notes eussent été pires si tu avais opté pour la chimie. Au moins, en botanique, aurais-tu pu dessiner davantage au lieu d'apprendre par cœur les structures osseuses et les formules de solutions acides. Les sciences ne sont tout simplement pas ton truc. Je prie le ciel que tu parviennes à t'en sortir d'ici Pâques. Bien entendu, c'est d'accord pour ta nouvelle, et je continue à me demander si ce n'est pas une version élaborée de la courte description que nous trouvions si réussie dans ton roman[1].

Le job sur *Kitty Foyle*[2] n'est pas encore sûr mais, au moins, ma santé s'est nettement améliorée. As-tu reçu un présent de la part de Sheilah[3] et, si c'est le cas, lui as-tu écrit ? Content que tu sois heureuse et que les choses soient plus faciles. Ta lettre a été l'une des plus plaisantes que tu m'aies écrites depuis des années.

Bien tendrement,

Papa

---

1. Voir la lettre de Scottie du 11 novembre 1940, où elle mentionne avoir travaillé sur un roman.
2. Voir la note 1 de la p. 177.
3. Voir la note 1 de la p. 67.

1403 N. Laurel Avenue
Hollywood (Californie)

Lundi 26 février 1940

Très chère Scottie,

Je suis désolé que tu souffres du blues du mois de février. Des instituteurs m'ont dit que dans les petites écoles, ils voient février comme une période horrible. Je comprends pour ton bal de fin d'année. N'es-tu pas victime de ton succès ? Les gens se figurent qu'une fille aussi appréciée que toi aura déjà été invitée et redoutent de tenter leur chance. À présent, tu as dû t'y rendre, ou pas, mais tu ne dois plus passer de nuits blanches à y réfléchir.

Le *Alumni Weekly*[1] se fait l'écho des éditos de Princeton. Cela m'a beaucoup intéressé.

Avec ma carrière sur le déclin, j'ai hésité à t'écrire, parce que ce que réussissait autrefois la pression financière, elle ne le peut plus aujourd'hui, et cela m'ôte toute trace d'autorité. Il y a deux choses cependant qui me tourmentent. Il m'a sauté aux yeux, ce jeudi saint, que la raison pour laquelle tu n'as pas été acceptée à la rédaction de *Miscellany*[2]

1. Journal hebdomadaire des anciens élèves. Fitzgerald devait y être abonné.

2. *The Miscellany News* est le journal de l'université de Vassar. Il existe depuis 1866.

tient sûrement à ce que tu t'es comportée un peu trop comme une élève de Walker. « Je n'étais pas assez calée en politique », etc. La vérité, c'est que tu te trouves au beau milieu d'un mouvement d'étudiantes communistes de Vassar et tu n'en fais rien. Ce mouvement va à la fois croître et décroître durant les prochaines années. Tu peux le rejoindre ou le laisser s'échauffer, mais, en dehors des cours, tu n'y as jamais réfléchi sérieusement, sauf pour dire, peut-être, que ton père est plutôt très à gauche. Ce serait stupide de devenir l'ennemie de ces filles. Aussi idiotes et fanatiques qu'elles paraissent être aujourd'hui, elles pourraient plus tard être les forces de cette section. Tu dois montrer une certaine ouverture d'esprit face aux idées. Tu ne peux ni y couper, ni en douter, ni contrebattre le fait qu'il existe un mouvement organisé dans le monde entier face auquel toi et moi, en tant qu'individus, sommes moins que de la poussière. Un jour, lorsque tu te sentiras courageuse et insoumise et que tu n'auras pas été conviée à une soirée en particulier, lis le terrible chapitre du *Capital* sur la « Journée de travail »[1] et dis-moi si tu peux ensuite rester la même.

Je ne veux jamais que tu perdes de ta gaieté, ni de ton sérieux.

---

1. Chapitre du *Capital* de Karl Marx où il traite du fait que, lorsque des lois n'existent pas pour les restreindre, les capitalistes n'hésitent nullement à faire travailler les ouvriers, hommes, femmes ou enfants de six ans, de jour comme de nuit, jusqu'à l'épuisement, la maladie et la mort.

Connais-tu des avocats ? Demande à quelqu'un de t'indiquer lors de la prochaine cérémonie YHP[1] qui est étudiant en droit à Harvard. Ensuite questionnes-en un sur les identités des principaux candidats pour la direction du *Harvard Law Review*. Pourquoi ne fréquentes-tu pas des avocats[2] ? Enfin, pour l'amour de Dieu, va à la rencontre des gens, rapproche-toi de ces communistes de Vassar, sois suffisamment politicienne pour jouer à l'idiote quand on parle politique et si tu [*passage illisible*] eux de leur côté.

P.S. : Même au risque de devenir barbant, et alors que tu vis au milieu de mondes si divers, je dois te conjurer une nouvelle fois de considérer la politique comme une religion, quelque chose dont tu ne peux librement discuter qu'avec ceux qui partagent plus ou moins le même état d'esprit que toi. Avec les autres, tu t'embarquerais dans des débats insupportables ; des amitiés se créent et se brisent sur des questions de politique. Cet état des choses est susceptible d'empirer de mois en mois. Tout est chauffé à blanc, et savoir avancer sur les échasses de la précaution peut se révéler être très utile.

---

1. Yale & Harvard & Princeton.
2. Scottie finira par épouser deux avocats.

5521 Amestoy Avenue
Encino (Californie)

Vendredi 8 mars 1940

Très chère Scottie,

Je suis enchanté de t'apprendre que ta mère va rentrer à la maison en avril et ce pour une durée indéterminée. Un courrier du docteur Carroll est arrivé à ce sujet ce matin. C'est la première fois qu'il envisage une telle chose, et je prie le ciel qu'il ait pris cette décision avec toute l'acuité de son jugement. Je pense que oui. Jusqu'à présent, il a toujours eu raison. J'ai écrit aujourd'hui à ta mère qu'elle pouvait sortir, et tu peux imaginer ce que sera sa joie.

Ta lettre m'a ravi. Que tu te sois rendue à la bibliothèque du Cottage, et aies vu ce vieux poème[1] accroché là-bas, c'est un peu comme un cercle qui se clôt[2]. Bien entendu, je me réjouis que tu sois allée à Princeton et suis heureux de toutes les joies que tu as eues cette année.

S'il te plaît, donne-moi des nouvelles sur les clubs que fréquentent les garçons, mais peut-être te l'ai-je déjà demandé ? Dommage que tu ne sois pas allée

1. Poème manuscrit de Fitzgerald.

2. Voir la note 3 de la p. 132. Fitzgerald a débuté l'écriture de son premier roman, *This Side of Paradise*, dans cette bibliothèque du Cottage Club.

à St Andrews cette année pour pouvoir t'incruster à la réception de *Life Magazine*. Une seule chose ne m'a pas plu dans ta lettre, c'est ta suggestion d'aller travailler cet été au rayon des fournitures scolaires de Lord and Taylor[1]. Cela me paraît profondément assommant et improductif. Je préférerais même ton idée de rejoindre une école d'art dramatique ou de participer à la tournée théâtrale d'été. Les heures sont longues et pénibles, et New York en période estivale peut être assez intolérable. L'expérience que tu pourrais en tirer, dès la première semaine passée sur place, serait celle de la plus abominable routine et d'un ennui profond, à moins que tu envisages de devenir une acheteuse chevronnée, ce que Dieu te défend. Le sens du commerce, comme celui des sciences, est une chose dont toi et moi sommes dépourvus, je le crains.

Ils ont fait un remake du vieux film d'Hepburn, *The Bill of Divorcement*[2] avec Maureen O'Hara. Ce n'est motivé par rien et j'ai entendu dire que l'adaptation était très médiocre. Je ne te conseille pas d'aller le voir ; toutefois, si tu tiens vraiment à y

1. Chaîne de grands magasins américains fondée en 1826 par Samuel Lord et George Washington Taylor. Leur principale enseigne se trouve sur la Cinquième Avenue à New York. Ce magasin fut le premier à exposer de grandes vitrines animées pour la période de Noël.

2. *Héritage*, film de George Cukor, avec Katherine Hepburn, sorti en 1932.

aller, vas-y seule car, comme je viens de le dire, cela ne vaut pas le coup.

Je suis toujours en négociation pour écrire un scénario d'après *Babylon Revisited*[1] mais on ne parle toujours pas salaire. Ci-joint dix dollars.

Bien tendrement, toujours,

Papa

1. *Retour à Babylone*, nouvelle de Scott Fitzgerald publiée le 21 février 1931 dans la revue *The Saturday Evening* (célèbre journal fondé en 1738 par Benjamin Franklin). Un film en sera tiré en 1954 avec Elizabeth Taylor, intitulé *The Last Time I Saw Paris (La Dernière Fois que j'ai vu Paris)*, dirigé par Richard Brooks.

5521 Amestoy Avenue
Encino (Californie)

Lundi 18 mars 1940

Chère Scottie,

Merci pour ta lettre si complète. Bien entendu, je suis terriblement curieux d'entendre parler de ton spectacle et du franc succès qui a été le sien ; car je ne doute pas que ce soit un succès et je considère ton idée de créer une sorte de Triangle[1] des plus ingénieuses et énergiques. C'est exactement le genre de chose qui me rend très fier de toi. Le théâtre satirique est peut-être pour toi un meilleur moyen d'expression que le journalisme et c'est probablement aussi bien que tu n'aies pas incorporé la rédaction du *Miscellany*. Naturellement, j'aurais donné n'importe quoi pour assister à la représentation, mais je devrai attendre que tu m'en fasses le tableau quand je te verrai.

Je joins soixante-quinze dollars à cette lettre qui, je le souhaite, couvriront tes frais de vacances. Les négociations sur le scénario de *Babylon* sont toujours en cours. Si elles aboutissaient, et si tu devais être à Baltimore dans une semaine, j'aimerais que tu ailles passer une nuit avec ta mère à Asheville.

1. Voir la note 1 de la p. 74.

Vu la situation en ce moment, je ne peux pas me le permettre, mais nous verrons.

Je te remercie pour les nouvelles à propos des étudiants de Princeton. Colonial est un bon club, effectivement plus vieux que Cap & Gown. Il fut un temps où les gens se référaient au Big Five, mais à mon époque le Colonial avait une fâcheuse réputation de club d'alcooliques[1]. Maintenant, je pense qu'il regroupe les garçons sans rang social particulier et qui n'ont pas d'excellents résultats. J'espère qu'Andrew[2] est heureux là-bas, bien que je sois certain qu'il doit être un peu dépité. Si j'étais toi, je ne lui en parlerais pas du tout. Je continue de penser que ce système est cruel et abject[3].

---

1. The Colonial Club de Princeton, fondé en 1891, est l'un des dix *Eating Clubs* de Princeton (avec The Ivy Club, fondé en 1879 et évoqué par Fitzgerald dans son roman *This Side of Paradise* ; The University Cottage Club, fondé en 1884 ; The Tiger Inn, fondé en 1890 ; The Cap & Gown Club, fondé en 1891 ; The Quadrangle Club, fondé en 1896 ; The Princeton Charter Club, fondé en 1901 ; The Princeton Tower Club, fondé en 1902 ; The Terrace Club, fondé en 1904 ; et The Cloister Inn, fondé en 1912. Neuf d'entre eux sont situés sur Prospect Avenue). Ces clubs privés offrent un lieu de réunion et de restauration aux étudiants. Les règles d'admission sont très strictes et diffèrent selon les clubs.

2. Andrew Turnbull.

3. Cinq des *Eating Clubs* (University Cottage Club, Cap & Gown Club, The Ivy Club, Tiger Inn et Princeton Tower) sont sélectifs et choisissent leurs membres à travers un procédé appelé « *Biker* » qui combine différentes épreuves sur plusieurs jours. Les cinq autres clubs (Cloister Inn, Princeton Charter

Nous parlerons de l'été plus tard. Tout dépend tellement de l'argent dont je disposerai. Je pense qu'on peut, sans le moindre doute, te trouver ici un petit boulot sur un tournage. Les gens compétents un peu pistonnés n'ont aucun mal à trouver un travail dans la tranche des petits salaires. Lorsque tu coûtes mille dollars et plus la semaine, là c'est une autre histoire[1]. De toute façon, je ne suis pas vraiment certain que ce soit la meilleure des choses.

Je couvrirai ces factures de New York dès que j'aurai rentré un peu d'argent. Je souhaite que tu me dises rapidement où tu seras pendant les vacances. Au moins avec des dates approximatives, afin que je puisse t'atteindre par télégramme au cas où il deviendrait possible que tu viennes en Caroline du Nord.

Tendrement,

Papa

P.S. : J'apprécierais beaucoup que tu téléphones aux Murphy pendant les vacances de printemps. Si tu trouvais un moyen quelconque pour assister

---

Club, Colonial Club, Quadrangle Club et Terrace Club) déterminent leurs membres en organisant une loterie appelée « Sign-in. »

1. C'était le salaire de Fitzgerald à la MGM.

Honoria[1] – lui dégoter un rendez-vous avec un garçon par exemple – je pense que cela pourrait vous être avantageux à toutes les deux. Évidemment, il ne faut pas que cette suggestion ait l'air de venir de moi. Je conçois que cela puisse être difficile de renouer le fil d'une relation après un long intervalle, mais cela me ferait extrêmement plaisir si tu pouvais au moins leur passer un coup de fil.

1. Fille des Murphy (voir la note 1 de la p. 121).

5521 Amestoy Avenue
Encino (Californie)

Mercredi 27 mars 1940

Chère Scottie,

Je vais commencer le travail sur *Babylon* lundi en huit, pour un salaire de misère. Que veux-tu, c'est déjà ça.

Une lettre de Baltimore m'a perturbé ce matin : qu'as-tu fait à tes cheveux ? Trois personnes différentes ont jugé bon de devoir m'écrire à ce sujet. Pourrais-tu estomper l'effet quelque peu ? Tu les as éclaircis si progressivement que je pense que tu ne réalises plus ce à quoi cela ressemble désormais. Personne ne serait choqué qu'une femme de trente ans veuille retoucher ses cheveux, mais pourquoi imiter un style qui date déjà, dans les films ? C'était une charmante idée d'avoir une mèche blonde qui fasse comme si le soleil l'avait éclaircie, mais tomber dans les extrêmes ruine toute velléité esthétique.

Bonne chance pour les examens de printemps. Je sais que ce sont toujours les plus difficiles et je nourris en ce moment cette peur à ton égard, presque irrationnelle, qui me prend parfois. C'est sans doute dû à ce sentiment de confiance excessive et d'autojustification qui inspire tes lettres (voir *The*

Daisy Chain[1]) et que je n'avais pas remarqué depuis plus d'un an. Accorde-toi, s'il te plaît, une marge, en cas de malchance.

Love,

Papa

P.S. : Je peux comprendre ta confiance excessive ; Dieu, ne l'ai-je pas ressentie moi-même ? Mais c'est très difficile à reconnaître pour soi, spécialement lorsque le temps nous manque et qu'il nous reste tant à faire.

---

1. *The Daisy Chain, or Aspirations* est un roman de Charlotte Mary Yonge publié en 1846.

5521 Amestoy Avenue
Encino (Californie)

Lundi 1er avril 1940

Très chère Scottie,

Tu trouveras ci-joint quinze dollars. Je m'attends à retourner travailler sur le film, lundi prochain.

J'espère que tu t'es bien amusée pendant tes vacances. À en croire ton manque de disposition à aller visiter ton vieux père, il doit sûrement y avoir un garçon dans les parages. J'espère que tout s'est bien passé.

Love,

Papa

P.S. : En songeant à Venise aujourd'hui, je me suis souvenu du moment où j'y étais avec toi. Tu ne te rappelles pas être allée à Venise, même si tu as fait un tour en gondole et dégusté des glaces italiennes. Mais en fait, il n'y a aucune raison que cela t'évoque quoi que ce soit, c'était cinq mois avant ta naissance[1].

— « *Oh Papa, ne sois pas vulgaire*[2]. »

---

1. Scottie est née le 26 octobre 1921.
2. Cette dernière phrase a été ajoutée à la main sur le reçu du télégramme.

April
1-
1940

Dearest Scottie:

Enclosed find fifteen dollars. I expect to go back to picture work next Monday.

Hope you enjoyed your vacation. I gathered from your impassioned reluctance to visit the old folks that there was a boy in the background. I hope it went well.

Love,

Daddy

P.S. Thinking of Venice today reminded me of when I was there with you. You don't remember going to Venice though you rode in a gondola and ate Venetian ices. But then there's no reason why you should remember-- it was five months before you were born. "Oh daddy - don't be vulgar"

Encino (Californie)

7 mai 1940

Ma chère Scottie,

Nous nous écrivons sans jamais répondre aux questions l'un de l'autre. Pour une fois, je vais répondre à l'une des tiennes. Tu m'as demandé si j'estime qu'en matière d'art il y a plus de mérite à créer un style neuf qu'à le perfectionner. La meilleure réponse est celle que Picasso fit un jour à Gertrude Stein[1] sur un ton plutôt amer :

« On est le premier à créer un style, puis un autre vient qui l'enjolive. »

De l'avis de tout artiste véritable, l'inventeur, c'est-à-dire Giotto ou Léonard de Vinci, est infiniment supérieur au Tintoret, plus léché, et le D. H. Lawrence première manière est infiniment supérieur aux Steinbeck.

Une dernière réflexion à propos de ta revue : on va t'interviewer à nouveau ; une fois de plus je te demande en grâce de ne rien dire aux journalistes ni sur ta mère, ni sur moi-même. Tu leur as fait un jour l'étonnante confidence d'après laquelle tu allais entreprendre incessamment d'écrire notre biographie. Je me suis toujours juré de ne jamais rien écrire

1. Gertrude Stein (1874-1946), romancière américaine pour qui Fitzgerald avait une grande admiration.

au sujet de mes parents qu'ils ne soient morts depuis dix ans au moins, or j'en ai quarante-trois et je puis avoir encore beaucoup à dire ; j'estime que ton entreprise serait plutôt prématurée. Je pense que tu es à présent tout à fait mûre et que tu comprendras l'incongruité de parler délibérément de nos affaires privées, mais les journalistes finissent quelquefois par vous tirer les vers du nez.

Mon scénario avance et j'ai idée qu'il sera fameux. Si tes projets pour l'été prennent forme, tiens-moi au courant. Je t'envoie un chèque supplémentaire de cinq dollars, pas pour une raison spéciale, mais simplement parce qu'une lettre sans argent te paraîtrait probablement à moitié vide. Si tu n'en as pas besoin, mets-les à ton compte en banque.

Tendres baisers.

Fitz le Fou
(jadis le Fléau du San Fernando)
Papa

5521 Amestoy Avenue
Encino (Californie)

Samedi 11 mai 1940

Scottina chérie,

Le talon de ce mandat était, parmi tous les autres, celui qu'a malencontreusement égaré Frances[1] (elle détient les autres). Je l'ai menacée et beaucoup de larmes ont été versées pendant que je lui dictais cette lettre. Toutefois, même s'il s'avère ne pas être égaré, il sera impossible de faire quoi que ce soit avec un mandat déjà signé, surtout venant d'ici. J'espère que tu es allée voir les agents de la poste de l'université de Vassar afin de te faire connaître et de les prévenir de la situation. Ne t'inquiète pas outre mesure. Je perds dix dollars, ce qui correspond plus ou moins à une journée de travail, et toi tu perds les cinq dollars que je t'avais donnés en supplément. Plus tard, je te demanderai de m'envoyer un état de tes factures, non pas que je sois en condition de tout payer d'un coup, mais j'aimerais savoir où tu en es à la fin du semestre. Je

1. Frances Kroll, secrétaire de Fitzgerald durant les vingt derniers mois de sa vie. Elle a rédigé ses mémoires, *Against the current : As I Remember F. Scott Fitzgerald* (1985). Le livre a été porté à l'écran en 2002, sous le titre *Last Call,* avec Jeremy Irons dans le rôle de Scott.

te prie de m'écrire à l'adresse suivante : c/o Phil Berg Agency, Whilshire Boulevard, Beverly Hills. Ce n'est pas trop difficile à retenir.

Je suis quelque peu déconcerté par tes plans pour cet été. Si tu partages ta chambre avec Mary Earle, cela veut-il dire à Cape Cod ou à Vassar sous l'autorité de Mme Hallie Flannigan ? Si tu entends Cape Cod, je connais là-bas des gens particulièrement intéressants, pas de ceux que l'on peut appeler de « vieux amis » et contre lesquels tu nourris automatiquement des préjugés, mais ceux qui peuvent soulever pour toi des montagnes insoupçonnées, ceux que les gens de ton âge ne connaissent pas. Je viens de signer le bail d'un appartement situé au cœur d'Hollywood dans lequel il y a une chambre en plus pour une fille qui chercherait asile ; quoique, si tu venais ici, ce devrait être pour une bonne raison, car c'est une ville maussade pour quiconque n'y a rien à faire.

Je suis content que tu n'aies pas débuté à Princeton à seize ans, sinon tu serais aujourd'hui déjà surmenée. Pour ce qui est du raffinement, Yale a une bonne année d'avance sur Princeton ; et cela devrait durer encore bien une année supplémentaire. Même si j'ai adoré Princeton, j'ai bien souvent ressenti son côté université de province ; ses institutions snobinardes étaient faciles à déjouer et à mépriser mais, à moins d'être doté d'un grand talent pour la course d'obstacles ou de représenter un bon parti, il y fallait se créer son propre espace émotionnel et intellectuel. Après cette introduction nécessaire, cette université n'en reste pas moins très jolie, calme, paisible et digne, on t'y laisse en paix. Naturellement, l'atmosphère du *Jane Hall* que tu m'as décrite est ce qu'il y a de pire. Descends voir avec un garçon durant un de ces week-ends où vous aurez du temps à perdre.

Tu as passé une bonne année, n'est-ce pas ? C'est l'aboutissement de tout ce que tu as entrepris auparavant. J'aimerais tant te voir et seulement discuter, flâner à tes côtés pendant deux jours, en bavardant de projets futurs, en faisant comme si on pouvait tous se les offrir, ce qui n'est évidemment pas le cas. Mais qui peut le dire, peut-être le pourrons-nous d'ici fin juin ou juillet ? S'il te plaît, fais en sorte de visiter ta mère le plus vite possible car le temps lui paraît long. Tu n'as pas nécessairement besoin d'aller jusqu'à Montgomery. Vous pouvez peut-être vous retrouver autre part, à mi-chemin. S'il pouvait exister un arrangement entre vous, dans lequel elle ne serait pas entièrement exclue et où tu ne passerais pas tout ton temps avec un garçon…

Tendrement,

Papa

1403 N. Laurel Avenue
Hollywood (Californie)

Vendredi 14 juin 1940

Scottie chérie,

Par ma faute, l'argent n'a pas été envoyé à Mary Law[1]. J'ai expédié quinze dollars à Ober pour toi, et en voilà quinze autres. L'argent de poche pour la semaine du 17 juin te sera envoyé demain et tu pourras t'en servir pour aller à Montgomery[2].

Les choses ne sont pas brillantes ici.

Tendrement,

Papa

P.S. : Gloria[3] est un personnage beaucoup plus vulgaire et banal que ta mère. Je ne peux pas vraiment dire qu'il y ait de réelles ressemblances hormis la beauté et certaines expressions verbales qu'elles

1. Une amie de Scottie de Baltimore.

2. Ville natale de Zelda dans l'Alabama et fief de la famille Sayre.

3. Gloria Patch est le personnage féminin principal du roman de Scott Fitzgerald *The Beautiful and the Damned,* publié en 1922 et adapté à l'écran la même année par William E. Seiter. Gloria y est interprétée par Marie Prévost et Anthony Patch par Kenneth Harlan.

ont en commun. Je me suis naturellement inspiré d'événements mineurs des premiers temps de notre mariage. Malgré quoi, l'emphase était mise sur des choses toutes différentes. Ta mère et moi avons passé de bien meilleurs moments qu'Anthony et Gloria.

1403 North Laurel Avenue
Hollywood (Californie)

Vendredi 12 juillet 1940

Très chère Scottie,

Jib[1] ne s'écrit pas « gyb ». Et par-dessus tout, tu as péché par omission en ne me transmettant pas tes conditions financières exactes ; j'attends des excuses. Réellement, je n'ai eu que douze dollars en banque pour presque toute la semaine, et c'était très déplaisant.

Max Perkins m'écrit que Jane[2] et trois camarades de classe vont venir ici et veulent jeter un œil au monde du cinéma. Je ne sais vraiment pas qui leur présenter à l'exception de Shirley Temple, avec qui j'ai passé la journée d'hier. (Rien d'indécent puisque sa mère était là aussi.) C'est vraiment une petite fille adorable, elle me fait penser à toi lorsque tu avais onze ans et demi et que tu n'avais pas encore succombé aux charmes de Fred Astaire, aux séducteurs en tout genre et aux crooners des radios. Mais j'ai

1. En anglais, le mot *jib* signifie « foc », « flèche ». *To jib* : « regimber, se dérober ».

2. Jane Perkins est la quatrième fille de Maxwell Perkins, l'éditeur américain de Scott Fitzgerald. Elle et Scottie étudient ensemble à Vassar.

dit à sa mère que, pour Shirley, cela ne saurait tarder maintenant. J'ignore encore si elle va ou non tourner dans mon film.

N'as-tu pas reçu une copie carbone de l'article du *New Yorker* ? J'ai entendu dire que John Mason Brown[1] était un conférencier très prisé, c'est d'ailleurs parfaitement dans l'époque de vouloir entendre des leçons sur la critique théâtrale, cela me rappelle vaguement une école pour apprendre à être placeuse au Roxy[2]. Ce n'est vraiment qu'un dérivé très mineur de l'art dramatique. Je présume que le but est de s'extraire le plus possible du sujet, et le prochain stade sera sans doute une institution pour apprendre à critiquer les professeurs de critique dramatique.

Le monde n'est-il pas ignoble ? Je viens juste de terminer la lecture d'un exemplaire du *Times* et je file voir un film de Boris Karloff pour me remonter le moral. C'est quelque chose d'alléchant intitulé *The Corpse in the Breakfast Food*[3].

---

1. John Mason Brown (1900-1969), écrivain et critique de théâtre au *New York Evening Post* et à la *Saturday Review*. Personnage influent, il siégeait au jury du prix Pulitzer.

2. The Roxy Theatre est une célèbre salle de cinéma à New York, de plus de six mille places, ouverte en 1927. Elle a été démolie en 1960.

3. Ce titre ne se trouve pas dans la filmographie de Boris Karloff. Fitzgerald se moque des titres ronflants et effrayants des films d'épouvante. Traduction littérale de *The Corpse in the Breakfast Food* : « le cadavre au menu du petit déjeuner ».

Il fut un temps où je pensais que Lake Forest[1] était l'endroit le plus merveilleux au monde. C'était peut-être le cas.

Bien tendrement,

Papa

1. Ville de l'Illinois, au nord de Chicago, sur le lac Michigan, réputée pour ses beaux arbres. Lake Forest est pour Fitzgerald une réminiscence de son idylle avec Ginevra King.

Hollywood (Californie)

18 juillet 1940

Scottie chérie,

Le cours que tu suis cet été montre entre autres choses que, jusqu'à présent, ta formation a été purement théorique. Dans l'ensemble, je ne suis pas contre ce genre d'éducation et je le crois utile comme préparation à tout travail littéraire quel qu'il soit. Néanmoins, je doute que ton genre de talent soit de ceux qui mûrissent tôt : la plupart de mes contemporains ne se sont révélés que vers vingt-deux ans, plus souvent aux alentours de vingt-sept, voire trente ou même plus tard ; en attendant, ils ont fait du journalisme ou de l'enseignement, ils ont navigué sur un cargo ou fait la guerre. Le talent précoce est le plus souvent d'ordre poétique ; le mien l'était en grande partie. Celui du romancier dépend d'autres facteurs : assimilation et choix rigoureux des matériaux ; pour parler plus carrément, il réside dans le fait d'avoir quelque chose à dire ainsi qu'une manière intéressante et originale de le dire.

Pour parler de questions plus immédiates, tu t'es rendu compte de la difficulté de trouver du travail cet été. Voyons donc ce que t'offre Vassar. La première matière qui me vient à l'esprit est l'espagnol : il sera nécessairement très demandé ces dix prochaines années. En Californie, tous les élèves des classes du premier cycle y sont initiés et pourraient te souffler un emploi en Amérique du Sud si nous étendons notre activité de ce côté. C'est une langue assez voisine du français, de sorte que tu ne rencontrerais que peu de difficultés quant à l'orthographe ; elle se prononce comme elle s'écrit, et la littérature espagnole est passablement intéressante. Je veux dire par là que ce n'est pas comme le bulgare ou le chippewa[1] ou quelque autre dialecte dans lequel personne n'a jamais eu grand-chose à exprimer. Ne penses-tu pas que ce serait plus sage que de suivre un cours de civilisation grecque ou latine ? Je suis indigné de la pauvreté de cet « enseignement » à Vassar.

Je me demande si tu as lu quelque chose cet été, j'entends quelque ouvrage de valeur comme *Les Frères Karamazov*, ou *Dix jours qui ont ébranlé le monde*, ou encore *La Vie de Jésus* de Renan. Tu ne me parles jamais de tes lectures sinon des textes choisis que vous expliquez en classe, fragments trop courts qu'on vous propose nécessairement. Je sais que tu as lu quelques-uns des livres que je t'ai donnés l'an dernier, mais depuis tu ne m'en as rien dit. Par exemple as-tu lu *Le Père Goriot* ou *Crime et châtiment* ou même *Maison de poupée* ou *Saint Mathieu*, ou *Amants et fils*[2]. Impossible d'acquérir

---

1. Dialecte d'une importante tribu d'Algonquins du lac Supérieur.

2. *Sons and Lovers*, de D. H. Lawrence.

un bon style à moins d'assimiler chaque année une demi-douzaine d'auteurs de premier rang, faute de quoi le style se forme, mais au lieu que ce soit, dans le subconscient, un amalgame de toutes les œuvres qu'on a lues et admirées, ce n'est que le reflet du dernier écrivain qu'on a lu : un insipide journalisme, en somme.

Ne dis pas trop de mal de Princeton. Harvard a produit John Reed, mais aussi Richard Whitney qui, j'aime à le croire, aurait été catalogué à Princeton comme un petit voyou. Le système du Serment sur l'Honneur est parfois salutaire aux fils à papa qui ont les doigts crochus.

Tendres baisers,

Papa

Hollywood (Californie)

3 août 1940

Ma chère Scottie,

Jane Perkins[1] est passée par ici ; elle m'a dit incidemment qu'elle avait suivi le cours sur la poétique anglaise de Blake à Keats. J'en suis devenu moins partisan lorsqu'elle m'a dit qu'on avait étudié la biographie d'Amy Lowell[2] qui est un bouquin à la saccharine comparé à celle de Colvin. Par contre, je vois dans le bulletin un cours de métrique, numéro 217. On souligne qu'il est réservé à douze étudiants au plus, munis d'une autorisation (coefficient 1). Ce cours est-il pratique le moins du monde ? J'imagine qu'on vous laisserait quelque liberté dans le choix des poètes que vous liriez. Il y a aussi un cours sur Shakespeare et un autre sur la poésie française (coefficient 1). Certains cours d'histoire et de philosophie me paraissent bien, mais du diable si je puis te conseiller de si loin ! Je regrette seulement que tu ne puisses lire les œuvres de quelques poètes.

Il n'est pas facile de s'y aventurer seul. On a besoin, au début, d'un entraîneur enthousiaste qui connaît bien le terrain. John Peale Bishop m'a rendu ce service à Princeton. J'avais toujours « taquiné la

1. Voir la note 2 de la p. 206.
2. Poétesse et critique littéraire américaine (1874-1925).

Muse », mais c'est lui qui, dans l'espace de deux mois, m'a fait sentir la différence entre poésie et non-poésie. Après quoi l'une des mes premières découvertes a été qu'en fait certains professeurs qui nous commentaient les poètes en avaient le dégoût et qu'ils ignoraient de quoi ils parlaient. C'est alors que je me suis bagarré avec eux à n'en plus finir et que j'ai fini par laisser tomber complètement la littérature anglaise.

La poésie, c'est quelque chose qui te brûle audedans comme une flamme vivante ainsi que la musique pour le musicien ou le marxisme pour le communiste ; ou alors, c'est zéro : des formules vides et assommantes que les pédants savent accompagner du sempiternel bourdonnement de leurs notes et de leurs commentaires. L'*Ode à une urne grecque*[1] est d'une beauté insupportable : chaque syllabe y est nécessaire autant que chaque note de la *Neuvième Symphonie* de Beethoven. Si tu ne sens pas cela, tu n'y comprends rien. Cette œuvre est ce qu'elle est parce qu'un génie extraordinaire s'est attardé à cet instant de l'histoire et y a mis sa griffe. Je crois bien que j'ai lu l'*Ode à une urne grecque* une centaine de fois. Vers la dixième, j'ai commencé à comprendre de quoi il était question. J'en ai saisi l'harmonie, puis l'agencement interne, si délicat. De même pour l'*Ode au rossignol* que je ne puis jamais lire sans que mes yeux se mouillent, et pour le *Pot de basilic* avec ses amples strophes au sujet des deux

1. De John Keats.

frères : « *Why were they proud...* », etc. et pour *La veille de la Sainte-Agnès* où les images sont les plus somptueuses et les plus expressives de la littérature anglaise sans excepter Shakespeare. Et pour finir, toujours de Keats, ses trois ou quatre plus grands sonnets : *Bright Star...* et les autres.

Si l'on a appris cela dès l'enfance, et quand on a de l'oreille, il est difficile par la suite d'être jamais incapable de distinguer l'or du vil métal. Ces huit poèmes suffisent à eux seuls pour mesurer la qualité d'un poète à qui désire savoir au juste la valeur des mots, leur puissance infinie d'évocation, de persuasion, d'envoûtement. Quand on a laissé Keats un certain temps, toute autre poésie semble n'être rien de plus à l'oreille que sons de pipeau ou de mirliton.

Tu as encore cette machine à écrire française quelque part dans un coin, n'est-ce pas ? Est-elle encore utilisable ? Ici, nous en louons une ; ça ne coûte que cinq dollars par trimestre. Tu me menaces de m'envoyer de l'argent, à *moi* ! Si tu en as trop, paie tes dettes chez Poughkeepsie. Je suggère qu'après ta visite à Mlle Doyle, tu ailles à Lake Forest et de là vers le Sud, à Montgomery. J'ai l'impression que ce dernier voyage s'impose. Ta mère a tout particulièrement insisté pour te revoir, et la seule alternative serait qu'elle aille te rejoindre dans le Nord, ce qui entraînerait des frais de voyage pour *deux*. Je sais que ce ne sera pas drôle de t'enterrer dans ce petit bourg torride au début de septembre, mais tu me rendras service. Même aux malades comme ta mère, il faut des bornes kilométriques sur la route : quelque plaisir en perspective, quelque joie à se remémorer. Elle se sent plus fière quand tu vas la voir là-bas à Montgomery ; c'est pour elle un sujet de conversation. Songe un instant combien son existence est vide et tu comprendras l'importance de ton séjour dans le Sud. Voudrais-tu me dire quel sera le prix du voyage à Chicago ?

Il y avait tant de choses dans ta dernière lettre que je ne t'ai pas encore répondu sur tous les points. Quand nous aurons le temps de souffler un peu par ici, je demanderai à Frances de calculer ce que tu m'as coûté cette année.

Tendres baisers,

Papa

P.S. : Montre mes lettres le moins possible à ta mère : je t'écris si librement !

Scarsdale (N.Y.)

Mercredi 21 août 1940

Mon cher Papa,

Pardon pour cet affreux silence. D'ordinaire, reconnais-le, je suis une sacrée bonne correspondante. Seulement, toute cette semaine j'ai subi les affres de la déprime, voilà mon excuse. Je ne me suis échappée du gouffre qu'aujourd'hui pour aller visiter l'Exposition universelle[1], armée d'un nouvel état d'esprit du type : « Les hommes sont ce qu'ils sont, il faut les aimer ! » Je me demande bien ce qui me vaut tout ce désespoir. Je crois que c'est en partie la découverte que je ne suis pas vraiment une glandeuse (comme toi, je refuse d'en être une) – ce n'est pas amusant de lambiner ; mais ce sont aussi les séquelles de ce flirt amoureux du week-end dernier à Cape Cod dont je t'ai à peine parlé. Ce samedi-là a été horrible. Il (Bob) m'a emmenée à un dîner en l'honneur de jeunes mariés. C'était une première pour moi, et non seulement je ne me suis pas sentie à mon aise, mais en plus les convives étaient maniérés et d'un ennui mortel. Seul le flegme du jeune époux a réussi à sauver cette soirée du naufrage – là-dessus Bob et moi avons été d'accord.

1. En 1939-1940, l'Exposition universelle se tenait à New York.

Mais comme je me suis vite retirée dans ma coquille, il m'a avoué plus tard que ce comportement l'avait déçu, que je n'avais pas été à la hauteur de la situation et que je ne pouvais pas rester à attendre que tout se fasse selon mon bon vouloir. Il en a conclu que je n'étais qu'une gamine et que je finirais bien par apprendre à faire des compromis : en attendant, j'en tenais pour une bonne déprime. Mais assez parlé de ça.

J'adore être ici. Je peux y travailler, me sentir comme chez moi ; en vérité, je m'épargnerais bien ce voyage à Norfolk, à moins que tu n'aies déjà prévu des choses avec Ceecie[1]. J'ai aussi réfléchi qu'il serait plus économique de me rendre directement à Montgomery, disons mercredi, en restant une nuit à Atlanta chez Tante Rosalind, puisque c'est sur la route. J'ai promis de retourner là-bas, à Montgomery, et de faire meilleure impression cette fois-ci. En juin dernier, je m'en suis beaucoup voulu de tous les plaisirs que j'ai manqués, à force d'avoir la tête ailleurs, et de toutes les soirées où j'aurais pu aller ; mais cette année, je m'y rends l'esprit tranquille. Si tu préfères que j'aille à Norfolk, s'il te plaît dis-le-moi. Je sais que tu as nourri cette idée à mon intention, et je t'en remercie, mais je n'irai qu'à la condition que cela ne pèse aucunement sur tes finances. Pour tout dire, Bob (si tu ne l'as pas remarqué, il s'agit encore de Robert) vient à New York mardi pour un voyage d'affaires et je voudrais le

1. Voir la note 2 de la p. 177.

revoir une fois avant mon départ ; cet hiver il y a peu de chances que je me farcisse les sept heures jusqu'à Providence, vu que je n'ai ni le temps ni l'argent pour cela, et lui n'aura guère plus d'occasions de venir me voir à Poughkeepsie. Cela étant, je suis à tes ordres, prête à exaucer tes vœux.

L'Exposition universelle est décevante, sauf pour la présentation du nouveau combiné téléphonique de la compagnie Bell, qui est vraiment fascinant – c'est comme s'introduire dans l'intimité de deux personnes.

J'ai l'impression d'avoir pris deux ans de plus depuis juin. Cet été aura peut-être été une chose bénéfique au final.

Bon, cette lettre ne ressemble pas à grand-chose, mais…

Lots of Love,

Scottie

Wednesday August 21st
1940

Dear Daddy, --

Please forgive my dreadful silence. You must admit I am usually a pretty good correspondent. I can only say that I've been in quite a psychological sweat-box for a week now, from which I was only shaken by a trip to the World's Fair today & a new sort of Just-Folks-You-Gotta-Love-Em attitude. I don't know what brought it on in the first place – I think it was a combination of the discovery that if one is not a loafer (which, like you, I am not), it is no fun to loaf, & a continuation of that love affair I mentioned, in Cape Cod last week-end. It sure underwent a severe blow on Saturday. He took me to a younger-married-set dinner party. It was my first & I was terrified & not only

7) that but they were snooty & dull as dishwater. He thought so too but with the smoothness of the successful-young-man- prevented the whole thing from being a flop. I shut up like a clam & later he told me that he was very disappointed in me for not rising to the occasion & that I couldnt go around expecting things to be my way all the time. Finally he decided that I was just young & would learn to make compromises but in the meanwhile I'd practically had a nervous breakdown. But enough of that.

I love it here where I have a chance to work & feel at home & would really rather not go to Norfolk after all unless you have already

3) made plans with Cee Cee. I also
thought it might be cheaper to go to
Montgomery straight, say about
next ~~[illegible]~~ Wednesday, stopping for a night in
Atlanta with Aunt Rosalind, which
is right on the way. I promise to go
down & do a better job in Montgomery
this time. Last June I was full of
regrets for all the fun I could have
been having other places & all the
parties I was missing but now I
go with a clear mind. If you want
me to go to Norfolk please let me
know. I know you thought of it for
me & I am grateful & if I thought
it wouldnt be <u>any</u> strain financially
I will go. To tell you the truth Bob

4 (wouldnt you know it would be Robert again) is coming to N. Y. on a business trip Tuesday & I want to see him once again before I go & prospects look grim for next winter what with me with no time or money to spend 7 hours getting to Providence & him no time to come to Poughkeepsie. But I am at your service, & stand ready to obey your wishes.

The Fair is a disappointment except for the Bell Telephone Co. earphones which are fascinating — just like taking a piece out of two people's lives.

I feel about 2 years older than last June — maybe this summer has been a darn good thing after all. this is sort of a strange letter but —

Lots of Love.

Scottie.

Merchants & Miners Transportation Company

Vendredi 30 août 1940

Cher Papa,

En définitive, je suis venue via Baltimore. Cela m'a coûté le même prix et je voulais désespérément voir Mary Law et Peaches pour quelques heures ; j'y ai seulement passé l'après-midi. En septembre, dix jours de fêtes splendides sont attendus pour les dernières débutantes, du 9 au 20, avant l'ouverture de Vassar. J'ai projeté de passer cinq jours avec chacune d'elles. Je partirai pour Montgomery lundi afin de passer une semaine auprès de Maman.

Merci beaucoup pour ta formidable lettre sur le mariage. Je voulais vraiment recevoir tes lumières sur le sujet. Bob correspond tellement à tout ce que tu m'as dit, et plus encore. (Il était à New York la semaine dernière, puis il est venu me retrouver à Scarsdale.) Mais il y a très peu de chances que je m'engage plus avant avec lui, vu qu'il ne m'a toujours pas demandé ma main. D'une certaine façon, je préfère ça, car je sais qu'il va le faire, mais j'aimerais bénéficier de six mois de réflexion supplémentaire avant d'arrêter une décision. Dans tous les cas, je crains que, quel que soit mon choix, écrire est ce qu'il y a de plus important pour moi, et cela doit le rester.

Cela sera amusant de revoir les Taylor[1]. Ils sont, de loin, mes parents proches favoris. Je suis sacrément heureuse que tu aies trouvé du travail et j'espère qu'il ne s'agit pas d'un mauvais plan. Je suis entrée chez Mark Cross pour voir M. Murphy[2]. Ce dernier s'était absenté, mais je lui ai laissé un mot. Vraiment, New York est un endroit merveilleux…

C'est génial, de savoir que Vassar rouvre ses portes dans vingt et un jours. J'ai hâte d'y être. J'ai étudié de la poésie et m'initie à l'apprécier. Tâche de venir me voir sur la côte Est à l'automne.

Love,

Scottie

1. Cousines de Scott. Voir la note 2 de la p. 177.
2. Voir la note 1 de la p. 94 et la note 1 de la p. 121.

Montgomery

Mercredi 4 septembre 1940

Cher Papa,

J'ai passé un moment très agréable à Virginia Beach[1]. Les Taylor sont des femmes absolument charmantes, et leurs maris et enfants sont adorables. Tous sont heureux sans paraître le moins du monde mielleux, cela ne saurait mieux me plaire. J'ai passé beaucoup de temps à étudier leur arbre généalogique, qui s'est révélé être un document passionnant. Un jour, j'aimerais composer un roman dans le style d'*Henry Esmond*[2], mêlant tous ces individus. Ce n'est pas surprenant que je nourrisse une telle passion pour le Maryland (à l'exception de Baltimore) ; c'est probablement l'instinct du retour à ma terre natale. Je suppose que toi, tu ne l'as justement jamais aimé pour la même raison ; mais en ce qui me regarde, j'en hérite des deux côtés de la famille.

J'ai aussi fait un arrêt à Atlanta, où j'ai déjeuné dans un club très huppé avec Tante Rosalind. Atlanta est sans conteste la plus belle ville que j'ai

1. Villégiature célèbre située en bord de mer dans l'État de Virginie.

2. *The History of Henry Esmond* : roman historique anglais de William Makepeace Thackeray, publié en 1852.

vue dans ce pays, hormis Beverly Hills et Manhattan. À présent je me trouve ici, comme tu l'as sans doute compris, et naturellement nous subissons de plein fouet une incroyable vague de chaud, ce qui me fait souffrir considérablement. Ce n'est pas tant la chaleur qui me dérange que le fait que les conversations se limitent exclusivement à ce sujet. Avec Maman, je me suis comportée comme un ange coiffé de son auréole, et nous nous sommes plutôt bien entendues, étant donné les circonstances... Je me suis même autorisée à lui parler de mariage, afin de lui donner le sentiment d'être impliquée. Je suis contente de t'apprendre qu'elle n'a vraiment pas l'air malheureuse.

Je me demande seulement comment les gens font pour perdre comme cela tout désir de vivre. Elle est comme un poisson hors de l'eau. Ses idées sont exprimées dans un mode si amphigourique qu'elles ne sauraient être comprises, même de loin, par quiconque en ville, et puis elles reposent intrinsèquement sur de telles erreurs que cela effarerait les gens qui savent vraiment quelque chose (je ne parle pas de moi !). Malgré cela, elle continue de les fixer par écrit d'une façon illisible. Je me demande ce qu'elle va devenir lorsque Grand-Mère va mourir. Je suppose qu'une solution se présentera à ce moment-là. C'est toujours comme ça. Tante Rosalind a été très gentille avec moi. Elle possède la plus fabuleuse collection de livres en cuir imaginable. J'adorerais posséder de tels ouvrages. L'autre jour, j'ai lu *Claire*

Ambler[1] et cela m'a beaucoup plu. Je n'avais jamais vraiment réalisé combien Booth Tarkington était bon, même dans ses écrits non humoristiques.

Ce voyage a coûté très cher et, même si j'ai essayé d'être économe, il ne me reste plus un *cent*. Je suis contente que tu aies du travail. Monsieur Perkins[2] a dit à Ceecie que tu écrivais un roman, est-ce vrai ?

Avec tout mon amour,

Scottie

1. Roman de Booth Tarkington (1869-1946) publié en 1928. Tarkington est plus connu pour son roman *La Splendeur des Amberson*, qui lui a valu le prix Pulitzer en 1919 et a été porté à l'écran par Orson Welles en 1942.

2. Maxwell Perkins.

Montgomery

Vendredi 6 septembre 1940

Cher Papa,

J'éprouve de vifs regrets au sujet de mes dernières lettres ; je m'y suis montrée très méprisante envers Maman ; honnêtement, sans avoir cherché à l'être. Je réalise quelle femme délicieuse – et combien plus intelligente et plus instruite que moi – elle a dû être autrefois ; et elle le reste. Pourtant, même si nous avons partagé quelques bons moments lors de ma visite, je veux simplement te dire, et j'espère que tu comprendras que, pour moi, elle n'est devenue qu'une sorte de croix à porter. Le fait qu'elle soit à ce point déconnectée des réalités, qu'elle devienne impossible dès que l'on conteste la moindre de ses vues, m'inspire un inexcusable sentiment de supériorité.

Excuse-moi : je ne devrais pas chercher à la juger.

Depuis un certain temps, je ressasse l'idée d'aller me trouver un métier plutôt que de retourner à Vassar. Je sais que les temps sont durs ; dis-moi ce que tu en penses. Je n'avais pas saisi que tu étais dans le besoin au point de devoir gager ta voiture. Je refuse que mes études se fassent aux dépens de tes costumes ou de tes moyens de transport. S'il te plaît, réponds-moi. Tu sais que je pourrais travailler à Baltimore ou à New York. Et je pense que ce serait une bonne idée pour nous deux. J'aime Vassar, comme tu le sais, mais cela ne me dérangerait pas de partir gagner ma vie.

Surtout, je t'en prie, ne te sens pas offensé par cette proposition.

Je m'en vais dimanche à Baltimore, pour diverses raisons qui nécessiteraient des pages d'explications. À la différence de la visite de juin dernier, j'ai *beaucoup* vu Maman cette fois-ci (pour exemple, je ne suis sortie le soir qu'à une seule occasion), et je considère que la décision de partir avant que les choses tournent mal était la bonne.

Je serai à Baltimore jusqu'à ce que les cours reprennent. (Mais ne t'ai-je pas déjà tout dit dans une autre lettre ?)

Tout semble si pénible pour toi. Néanmoins, je me demande si tu n'en rajoutes pas lorsque tu écris à Maman, dans son intérêt, comme lorsqu'ils lui racontent que Grand-Mère ne vit qu'avec cinquante dollars par mois, juste pour l'empêcher de trop dépenser. J'espère vraiment, car je suis bien inquiète pour toi, j'espère que tu ne ruines pas ta santé[1].

1. Scott subira deux attaques cardiaques dans les semaines qui suivent. Après la première, suivant les instructions de son médecin qui lui interdit de gravir des escaliers, il s'installe chez sa compagne, Sheilah Graham. La seconde attaque a eu lieu le 20 décembre. Le lendemain, alors qu'il attend la visite de son médecin, il s'écroule et meurt.

As-tu lu ma nouvelle publiée dans le *College Bazar*[1] ?

J'aimerais savoir si tu as constaté quelques progrès.

Tendrement,

Scottie

1. « La Fin de tout », nouvelle publiée au mois d'août, où Scottie s'inspire de l'épisode de son expulsion de l'Ethel Walker School, et qui sera publiée par *The New Yorker* le 16 octobre 1940.

1403 North Laurel Avenue
Hollywood (Californie)

Samedi 14 septembre 1940

Scottie chérie,

Deux lettres de ta mère me parlent de ton désir de ne pas retourner à l'université, ainsi que tu me l'as écrit toi-même.

Tu as parfaitement bien compris : au travers de mes courriers, j'essaie de ne lui rendre qu'une version partielle des faits. Techniquement, tout ce que je lui écris est la vérité : je couve bien une légère fièvre, et, alors que je devais rédiger une nouvelle pour *Esquire*, je me suis tenu au repos pendant une semaine, et j'ai mis ma voiture au clou afin d'être prêt pour ce boulot. De toute façon, je serai bientôt au travail, ne serait-ce que parce que je ne conçois pas de rester allongé sur le dos ; et crois-moi, les choses allaient nettement plus mal l'an dernier ; alors, ma voiture était gagée par nécessité et je devais emprunter de l'argent pour t'envoyer à l'université.

Oublie cette idée. Tout va pour le mieux ici.

Je suis en train de te faire encadrer quelques gravures. Souhaites-tu une image de moi du temps de ma splendeur ou en possèdes-tu déjà ?

Avec toute mon affection,

Papa

Baltimore
Mercredi 18 septembre 1940

Cher Papa,

Je t'en prie, excuse-moi de ne pas t'avoir écrit durant cette horriblement longue période, et encore merci pour tes généreux chèques. Je me suis payé deux robes, une paire de chaussures, et j'ai acheté des cadeaux pour Peaches et Mary dont elles avaient toutes les deux, et envie, et besoin.

Je suis d'une humeur ! Bob m'a demandée en mariage mais, cinq minutes après avoir revu Bobby, j'ai décidé que je ne pourrais jamais accepter, c'est affreux. Pour nous, la « vieille garde », Baltimore n'est plus aussi joyeux qu'autrefois, mais nous y passons toujours du bon temps. Encore deux jours avant l'université, et j'ai vraiment hâte. J'ai rendez-vous avec le bel Andrew jeudi soir ; je partirai tôt vendredi. Mary Earle et moi conduirons depuis New York.

J'ai finalement emporté la confiance des Finney en ce qui concerne leur voiture, et je suis devenue leur chauffeur, ce qui est très amusant. Bien que nous ne soyons pas conviées aux mondanités du jour, nous arrivons à nous incruster à la plupart des bals du soir. Cette année, Peggy Morgan est reine de beauté et elle a donné une fête merveilleuse, excepté cette vision plutôt répugnante de la promotion 1940 de Farmington qui a envahi la piste de danse.

Merci beaucoup pour les eaux-fortes. Elles me feront très plaisir.

J'ai calculé que j'ai dû dépenser l'année dernière dans les cent quatre-vingts dollars en bouquins, une extravagance que je ne pourrai jamais me pardonner et que je me suis promis de ne pas renouveler. Je m'engage donc à ce qu'il n'y ait jamais plus de grosses factures envoyées en Californie. À moins d'avoir à subvenir entièrement aux besoins de cette démunie de Mary Earle.

Je crois que je dois m'y tenir, devenir un génie de la finance, et même mettre quelques pennies de côté. Bien que cela soit malheureux à envisager, je crains que la part allouée aux week-ends soit considérablement restreinte.

Cela va être agréable de travailler à nouveau et de penser à des choses concrètes plutôt qu'à la « vie » en général. Nous devrions recréer notre *Salon moderne intellectuel* qui se réunissait tous les mardis pour consommer du beurre de cacahuètes et de la confiture.

Peaches t'envoie ses amitiés.

Avec toute mon affection,

Scottie

1403 North Laurel Avenue
Hollywood (Californie)

Samedi 21 septembre 1940

Très chère Scottina,

Je te remercie pour ta lettre. J'imagine sans peine ta surprise à propos de Bob et de Bobby, mais ne pense pas que je sois un homme cynique lorsque je te dis que la chose la plus importante est de trouver *les bonnes lettres dans les bonnes enveloppes*. Je n'oublierai jamais le moment où j'ai reçu une photo de ta mère (que j'avais payée) tendrement dédicacée à Bobby Jones[1], le golfeur d'Atlanta. Aussi avec Bob et Bobby, eh bien, une fille ne se montrera jamais assez prudente.

Dis-moi si l'espagnol te plaît.

Bien tendrement,

Papa

P.S. : Expédié dix dollars au magasin Raymond Art Shop, 354 Main St., Poughkeepsie, avec trois eaux-fortes – une de Princeton, une de l'université de Bryn Mawr et celle d'une demeure familiale.

1. Bobby Jones a eu une idylle avec Zelda avant son mariage avec Scott.

(Francis Scott Key Jr. n'était pas spécialement un parent très proche[1]. J'ai quelques eaux-fortes des endroits liés aux Key dans le comté de St. Mary's[2] mais elles sont ensevelies quelque part.) La quatrième photographie à laquelle tu peux prétendre est « Le Vieux Bob Roberts », ton copain de la côte Ouest. (Si elle ne t'intéresse pas, renvoie-la, car des milliers de personnes font la queue pour la réclamer – sérieusement, je suis preneur si tu n'en veux pas.) Quoi qu'il en soit, tu devrais te rendre au magasin afin d'examiner les encadrements.

1. Poète et avocat, Francis Scott Key (né Fitzgerald) est un parent éloigné de Scott ; il a écrit le poème intitulé *The Star-Spangled Banner*, devenu l'hymne national des États-Unis.

2. St. Mary est le comté de l'État du Maryland où a grandi Francis Scott Key.

Scarsdale (N.Y.)

Dimanche 29 septembre 1940

Cher Papa,

Je t'écris cette lettre depuis la maison des Ober, où je suis venue passer la nuit et *manger* (je ne sais pas ce qu'ils ont à Vassar, nous devons dorénavant toutes dîner hors du campus), me commander un nouveau chapeau et assener à Bob le coup de hache fatal.

L'école est toujours merveilleuse, évidemment, mais l'ambiance est devenue étrangement morose. Le tiers de ma classe n'est pas revenu, dont beaucoup de mes meilleures amies. Cela crée donc un grand vide. Celles qui restent, bien qu'elles désirent assurément recevoir une bonne éducation, sont surtout obnubilées par l'idée du mariage. Tu dois sûrement te dire que c'est une simple phase. Mais, crois-moi, les premiers mois lorsque tu réalises que la plupart de tes amies sont parties avec leur diplôme, et que même l'engouement d'être invité dans les fêtes des autres universités s'est estompé, eh bien, ce n'est pas drôle du tout. Cela n'a plus rien à voir avec le temps où j'étais moi-même une nouvelle et où j'étais curieuse de tous les visages étrangers ; là, je n'ai juste pas envie de les aborder. C'est déprimant. Il n'empêche, j'adore mes cours, même s'ils sont très difficiles et que j'ai une douzaine d'heures de classe hebdomadaire.

Ce qui est génial, c'est que pour conserver notre réputation de meilleure classe qui ait jamais existé à Vassar, nous produisons une comédie musicale pour la fête des troisième année, le 26 octobre. Cela parle des mille et une nuits et s'intitule *Mecca night of it*. C'est en même temps fantaisiste et très très drôle. Ne va surtout pas penser que cela lèse mon travail. Je ne suis même pas à la tête du comité, juste responsable de la direction musicale. Je viens d'achever une chansonnette qui a pour titre *Le Sultan insultant* chantée par Schéhérazade accompagnée du harem.

Merci beaucoup pour les gravures, elles sont vraiment magnifiques et l'encadreur est en train de faire un super boulot. La photo de toi est très belle, même si je préfère celle que j'ai déjà, prise par Carl Van Vechten[1].

J'ai découvert une boutique de cuir à Poughkeepsie et j'ai donné à la reliure deux livres français qui commençaient à s'abîmer. Oh, d'ailleurs je viens de finir *Mort à Venise* et c'est un livre formidable. Je me demande jusqu'où Thomas Mann s'est inspiré de *Dorian Gray* ? Il y a vraiment beaucoup de similitudes, ne trouves-tu pas ?

Comme d'habitude, Mary Earle cumule les maladresses et les convocations disciplinaires devant le

1. Carl Van Vechten (1880-1964), écrivain et photographe américain, ami proche de Gertrude Stein.

recteur. Il fait si froid que je m'abrite sous des couvertures comme une Squaw, mais qu'importe, puisque j'ai le bonheur d'être de nouveau au travail et que j'adore ça. De temps en temps, on trouve un certain plaisir à se plaindre pour un rien.

Je viens de m'offrir une machine à écrire ; t'est-il possible de me joindre cinq dollars supplémentaires pour la semaine prochaine ?

Avec tout mon amour,

Scottie

Université de Vassar
Poughkeepsie (N.Y.)

Dimanche 13 octobre 1940

Cher Papa,

Je n'ai jamais été aussi surprise qu'après ton coup de fil de l'autre soir, merci infiniment, c'était formidable : ravie d'apprendre que tout va bien pour toi et que tu vas enfin avoir l'opportunité de travailler sur un roman. J'aurais dû t'écrire plus tôt, sauf que j'ai gaspillé tout mon week-end à broyer du noir, inapte à produire la moindre action. Tout le monde est parti pour Princeton, moi exceptée. Ils sont allés assister au match de football contre l'équipe de la Navy, et le temps leur a été splendide. Le compagnon de chambre de Jack Lanahan[1] a organisé une fête pour danser le *shag*[2] mais, comme à part lui, personne ne m'invite jamais, j'ai préféré rester dans mon coin, pour mieux me morfondre. En vérité, tu n'as pas idée à quel point c'est joli par ici.

À propos des scénarios, notre professeur en technique cinématographique semble assez bien s'y

1. Jack Lanahan, étudiant en droit d'Harvard que Scottie épousera en 1943.

2. Le *Collegiate Shag* est une danse créée dans les années 1920, très populaire sur les campus universitaires.

connaître en matière de plans, de séquences, etc. Il m'a demandé s'il t'était possible de te procurer les scripts de quelques films comme *Once in a Lifetime*[1], ou *The Howards of Virginia*[2]. Enfin, n'importe quoi qui puisse lui servir à illustrer les différences entre le cinéma et le théâtre, ce qui est le sujet de notre classe du moment. (J'ai vu *Intolerance*[3] la semaine dernière, c'est un sacré bon film ! J'ai l'impression que Vassar n'est pas tant que cela porté à gauche, car malgré leurs bonnes intentions, ils n'ont pas réussi à faire projeter *The Birth of a Nation*[4], en invoquant des « raisons politiques ». Je trouve cela absurde.) Excuse-moi de t'embêter avec cela, mais j'apprécierais beaucoup si tu parvenais à nous faire avoir l'un de ces scripts. Parmi d'autres suggestions : *The Front Page*, *The Barretts of Wimpole Street*, *Night Must Fall*[5].

---

1. *Une fois dans la vie*, film américain de 1932 réalisé par Russell Mack.

2. *Howard le révolté*, film américain de 1940 réalisé par Frank Lloyd, avec Cary Grant et Martha Scott.

3. *Intolérance*, film américain de 1916, de D.W. Griffith.

4. *Naissance d'une nation*, film américain de 1915 réalisé par D.W. Griffith. Ce film à grand succès est à l'origine d'une lourde polémique, car il promeut la supériorité de la race blanche et fait l'apologie du Ku Klux Klan.

5. *The Front Page*, film américain de 1931 réalisé par Lewis Milestone. *The Barretts of Wimpole Street* (*Miss Barrett*), film américain de 1934, réalisé par Sidney Franklin, avec Norma Shearer (voir la note 2, p. 118, de la lettre de Scott datée du dimanche 7 août 1938). *Night Must Fall* (*La Force des ténèbres*), film américain de 1937 réalisé par Richard Thorpe.

Je vais interpréter le personnage de Bobby Melrose dans *Stage Door*[1], la principale production théâtrale de ce semestre. Le rôle n'est pas terrible, je l'ai remporté parce que je suis la seule à savoir correctement contrefaire un accent du Sud ; mais cela va être amusant de travailler avec tous ces gens compétents. Cette pièce me fait terriblement penser à une *Little Women*[2] transposée au vingtième siècle. Faire partie de la troupe des Philaletheis[3] offre quand même des rôles bien meilleurs que ceux du théâtre d'avant-garde, même s'ils en ont d'excellents.

C'est vraiment amusant d'avoir la possibilité de travailler autant la musique, je m'y adonne en réapprenant tout depuis le début ; bien entendu, je regrette maintenant d'avoir été si peu appliquée autrefois, à l'époque de mes leçons de piano. Jamais je n'avais imaginé à quel point la musique était un art complexe, avec toutes ses tonalités, son mode grégorien, son *ars nova*[4], etc. Tout compte fait, c'est vraiment l'année la plus extraordinaire que j'ai eue en ce qui concerne les cours – en ce qui concerne

---

1. Pièce d'Edna Ferber et George S. Kaufman, qui sera portée à l'écran en 1937 par Gregory La Cava, avec Katharine Hepburn et Ginger Rogers (*Pension d'artistes*), et dont Sidney Lumet tirera une série télé en 1955 (*The Best of Broadway*).

2. *Les Quatre Filles du docteur March*, roman de Louisa May Alcott (1868) qui sera porté à l'écran en 1933 par George Cukor, en 1949 par Mervyn Leroy, et en 1994 par Gillian Armstrong.

3. Troupe théâtrale de l'université de Vassar, fondée en 1865 avec l'objectif de monter des textes classiques.

4. Système de notation musicale datant du XIVe siècle.

presque tout d'ailleurs. Hormis le fait que je me sois fourrée dans des histoires pas possibles, comme celle avec Bob Donaldson, qui ne cesse de me torturer, car je ne me suis jamais sentie aussi méprisable. Du reste, je me retrouve embarquée dans ces habituelles activités extrascolaires et je ne parviens plus à trouver le temps de lire, d'écrire, ni même de penser. Est-ce qu'un bon écrivain se donne lui aussi des excuses, prétextant d'arrêter d'écrire pour « emmagasiner des idées » ? J'ai bien peur que non. J'ai bien peur qu'une partie de ma motivation de toujours se soit fait la malle.

Vraiment, je ne saurais te remercier suffisamment pour ton coup de téléphone ; cela me réconforte un peu de savoir que tout roule relativement bien pour toi. Je veux croire que tu te rendras sur la côte Est cet hiver ? Et pourquoi ne viendrais-tu pas à la rencontre Princeton contre Yale ? J'irai avec Jack Lanahan, un type qui te plaira, c'est sûr. Il adorerait faire ta connaissance, et l'on pourrait bien s'amuser pendant le match. Il fait partie du Ivy, mais nous pourrions quand même aller manger un morceau au Cottage[1], et tout et tout. En quelque sorte, tu pourrais retrouver ta jeunesse perdue. Moi aussi.

Enfin on verra.

Je t'aime,

Scottie

1. Voir la note 1 de la p. 192.

1403 North Laurel Avenue
Hollywood (Californie)

Samedi 19 octobre 1940

Scottina chérie,

Ceci va être une lettre à but intéressé. En premier lieu, je te suggère de combiner le cadeau que j'ai inclus dans ce courrier avec tout autre cadeau que tu recevras, ceci afin de t'acheter quelque chose d'aussi conséquent qu'un manteau. J'entends t'offrir un seul et bel achat.

En second lieu, que penses-tu de cette proposition : écrire à Peaches et à Mary des lettres stipulant ouvertement que, pour le moment, tu n'as aucun moyen de les dédommager pour toutes leurs bontés et leur hospitalité. Demande-leur si elles souhaitent que tu leur choisisses une petite robe ou si elles préfèrent que tu leur donnes l'argent que tu comptais dépenser pour elles. Je suis soucieux à l'idée que tu ailles à Baltimore sans rien à leur offrir, et je peux te donner trente dollars pour chacune (au total soixante dollars). Si tu es d'accord, réponds-moi sur-le-champ. Ce n'est pas beaucoup, je sais que votre amitié se nourrit d'elle-même, mais ce serait un gage d'estime qu'elles apprécieront, je pense. J'aimerais tellement faire quelque chose pour ces deux familles.

Gerald et Sarah Murphy m'écrivent tous les deux que tu leur manques. Pourrais-tu aller les voir un de ces jours sans les déranger ? Pardon, je sais que tu as du tact. Seulement, leur tragédie ne cessera qu'avec leur vie[1].

Cette fois-ci, peut-être, je vais finir mon roman. Tu m'aiderais en m'envoyant des accusés de réception de tes chèques hebdomadaires. Et tu me rendrais service en me faisant savoir par la même occasion si tu as reçu l'autre cadeau de la côte Ouest.

Bien tendrement,

Papa

P.S. : Concernant le refus de la projection de *The Birth of a Nation* : d'après le règlement des administrateurs de Vassar (II-7 juillet 1896, et toujours en vigueur) ni plus de dix ni moins de cinq négresses ou mulâtres ne peuvent être admises à Vassar chaque année. Ceci a été modifié (en 1903, minutes des administrateurs 3-VI) pour autoriser huit quarteronnes et seize octaronnes[2]. Cela te surprend-il

1. Sarah et Gerald Murphy ne se sont jamais remis de la disparition de leurs deux fils. (Voir la biographie des Murphy : *Everybody Was So Young*, par Amanda Vaill.)

2. « Quarteronne » désigne une femme comptant un quart de sang noir. Fitzgerald s'amuse à créer le néologisme d'« octaronne » pour les seize filles acceptées à Vassar avec un huitième

qu'ils soient si susceptibles ? Le nouveau règlement admet l'inscription de soixante-quatre macaronnes.

P.S.2 : Oh Dieu ! comme j'aimerais pouvoir me sentir aussi « vieux » que toi en ce moment !

---

de sang noir. Enfin il termine avec une plaisanterie et un jeu de mots sur les macarons...

Vassar College
Poughkeepsie (N.Y.)

Vendredi 1er novembre 1940

Cher Papa,

Pardonne-moi. J'ai bûché comme une folle pour préparer l'examen de musique d'hier, et tout ça pour le rater. Je suis convaincue que cela est dû à mon incapacité à me concentrer, tout à la fois sur ma feuille, sur la salle, sur la musique, en fait sur rien. En rentrant dans ma chambre, je me suis aperçue que j'étais fiévreuse, je suis allée à l'infirmerie et, Dieu merci, ils vont me dispenser de l'examen. Mais je n'ai toujours pas la moindre idée de ce qui m'arrive. C'est la première fois que je tombe malade depuis qu'on m'a ôté l'appendicite, à l'exception d'un petit rhume de cerveau. Ils évoquent la rougeole. Que Dieu me préserve ! Je peux tout supporter sauf l'humiliation d'être atteinte de rougeole.

J'espère que tu as lu mon article dans le *New Yorker*[1] publié il y a deux semaines. Il semble que je me sois fait une liste interminable d'ennemies à Princeton, et la question maintenant est de savoir

1. Voir la note 1, p. 230, de la lettre de Scottie du 6 septembre 1940.

si quelqu'un songera encore à m'inviter là-bas. J'ai l'impression d'appartenir au genre de ceux qui doivent-payer-pour-leur-art, mais je m'en fiche complètement. J'ai passé un moment inouï le week-end dernier à Harvard avec une bande d'étudiants des sessions d'été, tous des deuxième année ; le soir ils allaient aux soirées des débutantes et invitaient les danseuses de cabaret à les rejoindre. C'était bien dans leur genre, et je me suis vraiment amusée, si tu vois ce que je veux dire. Je suis allée à une soirée de débutantes à Boston, etc., etc.

S'il te plaît, dis à Sheilah qu'avec le présent qu'elle m'a fait j'ai acheté une robe pour faire du patin à glace, et j'ai hâte qu'il fasse suffisamment froid pour pouvoir la porter. Nous montons *Stage Door*[1] samedi en huit, et il me tarde d'en avoir fini avec ça et de trouver peut-être un peu de temps pour la réflexion. J'attends aussi, impatiemment, de sortir de cette infirmerie.

Quel est le titre de ton roman ? J'espère que tu en es satisfait.

Avec tout mon amour,

Scottie

1. Voir la note 1, p. 241, de la lettre de Scottie du 13 octobre 1940.

P.S. : Je n'ai pas oublié le scénario de film et je te l'enverrai dès que je pourrai sortir, ou bien avant, si je trouve quelqu'un.

P.S. : Altman m'envoie de nouveau des lettres désagréables, s'il te plaît, donne-leur un petit quelque chose !

Vassar College
Poughkeepsie (N.Y.)

Lundi 11 novembre 1940

Cher Papa,

Je suis mortifiée pour les siècles des siècles, emplie d'humilité, je remets mon cœur sanglant à tes pieds, je te livre mes plus sincères excuses ; en somme, je suis affreuse de ne pas t'avoir écrit. Il me faut t'expliquer pourquoi. J'étais plongée dans la lecture du plus grand, du plus merveilleux livre jamais publié. Il m'a inspirée, exaltée, troublée. Je n'ai pensé à rien d'autre, je n'ai fait rien d'autre que de le lire. Mes repas se passent à en faire l'éloge et j'envisage de dévouer ma vie à le faire lire à toutes les personnes que je connais ou que je croise dans la rue. Ce chef-d'œuvre – j'espère que tu ne vas pas frémir quand je vais te révéler son titre – est *L'Ange banni*[1] écrit par ton ami Thomas Wolfe. Tu as dû certainement le lire, sans quoi, s'il te plaît, fais-le et donne-moi ton opinion approfondie. Je ne peux rien ajouter pour l'instant, je ne peux que poursuivre la lecture.

Ci-joint tu trouveras ma médiocre petite histoire qui m'embarrasse presque, tant elle est insignifiante. Il me semble que sa parution a été limitée à l'édition

1. Roman posthume, publié en 1940.

de la côte Est[1], car plusieurs personnes hors de la région ont écrit pour demander où se la procurer. Quoi qu'il en soit, elle a été publiée dans le New Jersey, cela ne fait pas l'ombre d'un doute ; je crois ressentir, bien que sur une échelle de un à mille, ce qu'a éprouvé le susnommé Wolfe lors de la parution d'*Ange exilé*[2].

Stage Door fut un grand succès. Nous avons joué deux soirs devant une assistance d'environ mille cinq cents personnes qui se sont montrées très réceptives. La pièce ressemble terriblement à *Little Woman* replacée au vingtième siècle. Elle est plutôt drôle et j'ai éprouvé un vif plaisir à déclamer chaque soir « Je vous aviserai lorsque cela m'ennuiera de vivre dans le péché », sachant que le public éclaterait aussitôt de rire. Je suis très heureuse que cela soit terminé. Enfin se profile un semblant d'organisation, tout du moins dès que j'en aurai fini avec *Ange banni* et *Pour qui sonne le glas,* et que je pourrai travailler sur mon roman, dans lequel je me suis embarquée pour la deuxième fois, espérant lui donner du sens. Cela m'amuse beaucoup, de revenir sur mon dur labeur de l'avant-dernier été et de voir à quel point je ne savais absolument rien. Cela ne veut pas dire que j'en sache davantage maintenant, mais alors, je ne comprenais même pas ce sur quoi j'écrivais. Je vis dans une autre dimension et dans une confusion sans précédent. Des cigarettes sont

1. Du *New Yorker.*
2. Premier roman de Thomas Wolfe, publié en 1929.

semées dans ma chambre, des disques d'opéra sur le sofa, des livres sur le lit et des vêtements sur le bureau. Je vais à Princeton le week-end prochain et je n'ai ni le temps ni l'argent pour. Je lis cinquante millions de choses à la fois, je prends mon petit déjeuner l'après-midi, j'apprends l'harmonie la nuit dans mon lit et j'adore tout simplement cette vie. Je sais que cela a l'air sordide et que cela mène directement à la ruine, mais je n'ai franchement pas le temps de faire autrement et c'est merveilleux comme cela. C'est le répit de l'esprit au cœur d'un chaos mental, physique, émotionnel, environnemental, sociologique, psychologique et irrationnel.

Plusieurs de mes bons amis ont été mobilisés – ça remet les idées en place. Il est aisé de théoriser sur la nécessité-du-sacrifice-personnel, mais plus ardu de se dire que c'est vraiment bien. Bob Donaldson a été l'un des premiers à partir, ce qui m'a fait pousser un profond soupir de soulagement. Je me demande s'il m'arrivera encore d'avoir des sentiments aussi à côté de la plaque ? T'ai-je précisé qu'il était brave, élégant, qu'il avait une belle personnalité, mais aucun sens de l'humour ? Comment diable penses-tu qu'il survivra ? Quoi qu'il en soit, je ne le reverrai jamais, à moins de le croiser embusqué autour d'un palmier de l'hôtel Biltmore un de ces dimanches après-midi. (J'allais commencer par dire « en 1950 » lorsque j'ai réalisé, avec un frisson, que, en 1950, ce que j'entends par « un de ces dimanches après-midi de 1940 à l'hôtel Biltmore » n'existera sûrement plus.) As-tu lu *There Shall Be no Night* de

Sherwood[1] ? Eh bien, c'est merveilleux. Ce n'est ni l'heure ni l'endroit de se lancer dans des considérations sur l'avenir du monde, mais je suis convaincue que ceux qui définissent notre génération comme « cynique » ont tort. Beaucoup d'entre nous sont effectivement cyniques, mais seulement par esprit d'imitation. Pour ceux qui pensent que cela va bien plus loin que ça, ils savent qu'ils devront reconstruire l'Amérique après tout ce qui peut suivre, et ils le feront. Ils vont s'assigner des idéaux pour critères, mais, dans leur for intérieur, ils sauront qu'ils se racontent des bobards et, en définitive, ils penseront « so what ? »

Mais là, je ne fais qu'enfiler des banalités. Pardonne-moi.

Avec tout mon amour,

Scottie

1. Article de Robert Sherwood sur l'invasion russe de la Finlande, prix Pulitzer 1940.

114 North
Poughkeepsie (N.Y.)

28 novembre 1940
Le soir de Thanksgiving

Cher Papa,

Je te remercie pour ton très gentil télégramme qui est tombé au milieu d'un après-midi vraiment morose. J'ai finalement terminé mon papier sur les convictions religieuses de Madame de Sévigné, mais je n'avance pas sur ces leçons d'harmonie ; c'est un peu comme fixer la pierre de Rosette en essayant de la comprendre toute seule.

L'autre jour, ton télégramme m'a beaucoup inquiétée. J'ai horriblement mauvaise conscience, car ce week-end je dois faire un cinéma pas possible ; par exemple, planter un garçon qui m'avait donné rendez-vous à la réunion de Yale et Harvard en prétextant ta venue sur la côte Est, tout ça pour pouvoir aller à Princeton. Je n'éprouve aucun plaisir à ce genre de subterfuge, j'erre la journée comme une bête traquée, me sens abjecte, etc., mais dans le cas actuel, la question revenait à savoir quel comportement serait le plus méprisable, d'autant que j'avais déjà sérieusement démontré mes dispositions à être ignominieuse lors de la rencontre Yale et Princeton, et que j'ai à me faire pardonner. Il a fait un froid glacial pendant le match. Les deux années précédentes, les étés ont été doux. Nos billets au Triangle n'étaient pas pour le bon soir, tout le monde avait ramené des filles, de la famille ; il n'était pas possible de respirer dans ces universités. Qui plus est, tout le monde est parti pour Philadelphie et New York, Jack a oublié de me réserver une chambre et j'ai dû dormir dans un lit entre Peaches et Mary, telle Boucle d'Or arrivant chez les trois ours. L'un dans l'autre, c'était comme ces cauchemars que l'on a parfois. Mais dimanche, Jack m'a prudemment, quoique de manière cinglante, fait remarquer que ma bonne humeur ne tenait vraiment que lorsque tout allait bien. Je pense que tu peux comprendre pourquoi il est impérieux que je fasse amende honorable et diffuse douceur et légèreté au sein du campus de Princeton. En tout cas, j'ai parfaitement compris qu'à essayer d'avoir le beurre et l'argent du beurre, on n'obtient rien. Comme en cherchant à faire partie du vieux groupe des Baltimore Juniors Cap & Gown et de traîner en même temps avec les gens des grandes écoles de Philadelphie, de New York, etc. C'est un trop grand coup. Leçon numéro deux à venir la semaine prochaine.

J'espère vraiment que tu liras *Ange banni* et me livreras ton opinion, bien que rien ne puisse modifier la mienne. C'est trop excellent, voilà tout. Je suis en train de lire cet interminable Thomas Hardy, sans raison particulière. Une chose extraordinaire à propos d'*Ange Banni,* c'est qu'à la fin il dit savoir qu'il va bientôt mourir. Je dois admettre que cela nous laisse sur une note amère[1].

Peaches a maintenant un boulot à la caisse enregistreuse d'Huzler. Glorieuse fin pour une carrière de débutante. Cette année, notre production musicale OMGIM est une parodie d'*Hamlet*. Personne ne croit que c'est une très bonne idée à part nous, qui en sommes à l'origine. Mais je pense que si c'est monté comme il faut, cela peut être tordant, avec un paquet d'emprunts aux pièces de Shakespeare, une danse du fossoyeur, etc. Nous allons commencer à la rédiger demain soir, nous la jouerons en février devant la promotion des troisième année (dont la présidente est Mary Draper, l'une de mes meilleures amies), nous la présenterons à Princeton le week-end suivant, sous les auspices de Dolly Kilduff.

Tu serais surpris du changement d'atmosphère avec l'an passé, tout le monde a été mobilisé. De façon assez étrange, la réaction n'est pas *chaque jour est un jour d'orgie* mais au contraire tout le monde est plus sérieux et, d'une certaine manière, plus calme.

Puisque nous parlons garçons, week-ends, etc., de façon si approfondie, et au regard de ton récent télégramme, je peux aussi bien t'informer que Bobby et moi avons eu un violent malentendu ; il a l'air de traverser une phase du genre Dwight Fiske[2],

---

1. Thomas Wolfe meurt avant la publication de ce roman.
2. Chanteur célèbre des années 1930.

« ne suis-je pas assommant à vouloir toujours être drôle », que je trouve particulièrement déplaisante. Je continue de penser que j'aurais dû aller à Radcliffe cette année. Je rêve de Boston, de rues des villes, de théâtre, de concerts, de manifestations intellectuelles et cela particulièrement après la fête de Thanksgiving offerte aujourd'hui lors de notre petit, mais sélect, rassemblement. Ensuite nous sommes allées à l'épicerie et avons acheté des raisins secs.

J'espère que cette longue lettre ne t'aura pas trop ennuyé – Mary est partie au bal de Brooklyn et son écriture est mon échappatoire aux leçons d'harmonie.

Avec toute mon affection,

Scottie

29 novembre 1940

Ma chère Scottie,

J'ai entamé le livre de Tom Wolfe que tu m'avais recommandé. Il me paraît meilleur que *Time and River*[1]. Wolfe est doué d'une belle et vaste intelligence, il est capable d'écrire d'un seul jet, avec beaucoup de sentiment, quoique souvent larmoyant et faux, mais son terrible secret suinte par toutes les failles : il n'avait rien que de particulier à nous dire ! Son fatras à propos du GRAND CŒUR VITAL DE L'AMÉRIQUE n'est que du folklore le plus plat.

Il résume à merveille une grande partie de ce que nous ont dit Walt Whitman, Dostoïevski, Nietzsche et Milton, mais lui-même, à la différence de Joyce et d'Ernest Hemingway, ne trouve rien de neuf à y ajouter. Tant pis, c'est un beau fouillis, et l'individu n'y trouve guère son compte ; alors quoi ? La plupart des romanciers se conforment à une solide règle d'or : pour Ernest Hemingway c'est le courage, pour Joseph Conrad c'est l'art, et pour D. H. Lawrence c'est le drame des relations du couple humain, mais Wolfe est trop « habile » pour cela ; j'entends habile au sens le plus péjoratif et le plus moderne. Habile

1. *Of Time and the Rivers*, 1935 (*Au fil du temps*, Stock, 1951 ; *Le Temps et le fleuve*, L'Âge d'Homme, 1984).

à la manière des critiques pour lesquels il affecte un tel mépris. Toutefois son livre n'est pas coupable de ce péché mortel : le manque de vie. Mais j'aimerais que tu te demandes une fois comment et en quoi il te paraît supérieur à un morceau de naturalisme à la Zola tel que *Servitude humaine* de Somerset Maugham, si toutefois il lui est le moins du monde supérieur.

Je laisse là mon roman pour un jour afin de voir le dentiste, le médecin et mon agent ; je veux examiner avec celui-ci le contrat au sujet de mon scénario, pour le moment où je m'y remettrai en février (si je le reprends). J'ai réservé une heure pour me précipiter là « où les anges redoutent de poser le pied[1] ». Je ne connais pas X..., et il m'a fallu reconstituer sa personnalité d'après une de ses lettres que tu m'as montrée, etc. Il me fait l'effet d'avoir été un peu élevé dans du coton. Je vois exactement ce que tu veux dire par l'air Dwight Fiske : le genre Harvard le rappelle parfois faussement comme une sorte de pose ; mais quand un homme est las de vivre à vingt et un ans, ça montre qu'il est plutôt las de quelque chose en lui-même. Ce dont je suis sûr, c'est que dans les deux années prochaines tu auras à portée de la main quantité de jeunes hommes d'envergure. Il me souvient que Loïs Moran s'irritait de voir que tous les hommes séduisants de sa connaissance étaient mariés. Elle a fini par croire qu'inversement, si un homme *n'était pas* marié et

1. Vers de Pope (*Essai sur la critique*), passé en dicton.

s'il était pour elle un parti accessible, ce n'était pas un homme de premier ordre. Résultat : elle a été très malheureuse. L'océan grouille plus que jamais de requins, de baleines, de truites et de thons. Pour une fille comme toi, le véritable désavantage eût été d'avoir épuisé toute faculté de sentir dès l'âge de seize ans. Je crois que nous avons réussi à prévenir cela en grande partie en te maintenant relativement très occupée au cours de ces deux années décisives. Tu es appelée à une vie pleine d'agréments, mais tu as tout le temps d'en jouir. Mon unique souci est de te voir épouser un homme qui sorte suffisamment de l'ordinaire.

Lanahan[1] se trompe sur ton caractère. Tu encaisses très bien les coups durs, mais le sommeil t'est absolument indispensable. Ta conduite extravagante ici, il y a deux ans, était la conséquence directe de ton manque de sommeil après le débarquement, si même tu avais dormi sur le bateau ! Ce besoin de sommeil fait presque partie de ton tempérament ; tu ne devrais jamais prendre de décisions importantes lorsque tu es très fatiguée.

Meilleurs baisers,

Papa

P.S. : D'accord pour tes dépenses du congé de Noël, mais vas-y doucement. Le téléphone a sonné

1. Voir la note 1, p. 239, de la lettre du 13 octobre 1940.

pendant que j'achevais ma lettre ; après examen de mon cardiogramme, le docteur m'a condamné à la chambre. Je ne pourrai donc pas me rendre aux studios, même si je le voulais. Tâche d'économiser de quoi payer ton aller et retour pour Baltimore.

Hollywood

7 décembre 1940

Scottie chérie,

Ci-joint le chèque que tu m'as demandé pour la semaine prochaine. Le recevras-tu à temps ? Je t'enverrai aussi de quoi payer ton billet de chemin de fer, etc. Je suis toujours au lit, mais je puis écrire et me sens beaucoup mieux. Cette fois-ci, j'ai eu une véritable crise cardiaque, et je vais devoir me ménager davantage. Jusqu'à présent j'étais au second étage ; il va falloir déménager, quoique pas tout de suite.

Ce que tu m'écris à propos de Peaches m'intéresse au plus haut point. À ta place je me concentrerais exclusivement sur Peaches en écrivant ce conte, afin que le tout sonne parfaitement vrai. En tout cas, j'aimerais bien le lire plus tard. Littauer, l'éditeur de *Colliers*, est passé me voir la semaine dernière ; il a beaucoup aimé ton conte paru dans le *New Yorker*. Il pourrait te payer plus que tous les autres. À ce propos, souviens-toi que les jugements d'Harold Ober ne sont sûrs que jusqu'à un certain point. C'est le « lecteur moyen » ; le tiers environ des nouvelles que j'ai placées au *Saturday Evening Post* étaient des choses qu'il ne croyait pas qu'on me prendrait. Comme tous les agents, il est saturé, tant il y a d'écrits de ce genre, et dressé à flairer dans chaque page le tarif qu'on peut proposer. Aussi je ne solliciterai jamais son avis en matière d'œuvres littéraires quelles qu'elles soient, bien que, à d'autres égards sans doute, ce soit un excellent agent.

Le sujet de mon roman sera, je pense, quelque chose d'assez mystérieux. Il est, à mon sens, une règle plutôt judicieuse qui consiste à ne pas dévoiler le sujet d'un roman avant de l'avoir terminé. Si tu le révèles, il te semble toujours qu'on t'en prend une partie. Jamais plus ton œuvre ne t'appartient pleinement.

Tes projets pour la Noël me semblent parfaits.

Tendres baisers,

Papa

Hollywood

Décembre 1940

Scottie chérie,

Quand cette lettre te parviendra, tu auras reçu, je l'espère, une veste trois-quarts. C'est Sheilah qui a tenu à te l'envoyer. Elle ne l'a presque pas portée. Cette veste m'a paru très jolie ; elle pourra compléter heureusement ta garde-robe qui est assez maigre. Le père de Frances Kroll, qui est fourreur, l'a retouchée *gratis* !

En conséquence, je te prie *instamment* d'écrire *tout de suite* les lettres ci-après :

1. Une à Sheilah, sans insister sur la contribution de M. Kroll.

2. Une à Frances, où tu lui feras compliment du chic de la veste.

3. Une lettre pour moi (par la même occasion) ; tu la rédigeras de telle sorte que je puisse la montrer à Sheilah, car elle ne manquera pas de me demander si cette veste t'a plu.

Tu me faciliteras les choses en envoyant ces lettres sans retard. Une lettre de remerciement pour un cadeau reçu depuis trois semaines ne fait guère plaisir au donateur même si tu te confonds en plates excuses, car tu l'as frustré du plaisir qu'il s'était ingénié à te faire. (Ecclésiaste, Fitzgerald *dixit*.)

Enfin, invente quelque histoire pour les gens de l'Alabama ; raconte-leur que tu as acheté cette veste à une compagne. Ne va pas dire que tu l'as eue grâce à moi.

Par ailleurs, je suis toujours alité ; cette fois c'est le résultat de vingt-cinq années de cigarettes. Tu as pour père et mère deux exemples éclatants à ne pas imiter. Il te suffira de faire tout ce qu'ils n'ont pas fait et tout ira à merveille. Néanmoins, sois gentille avec ta mère à la Noël, même si elle t'assomme avec sa toquade pour les inscriptions runiques des premiers Chaldéens. Il est tragique de voir dans ses lettres comme elle parle de tout avec une grande verve étincelante, sauf des questions de première importance. Combien étrange cet échec en tant qu'être social ! Même les criminels ne sont pas à ce point des ratés ; ils constituent, pour ainsi dire, « La Fidèle Opposition de sa Majesté la Loi ». Mais les déments ne sont jamais sur terre que des hôtes de passage, d'éternels étrangers portant avec eux les fragments d'un décalogue qu'ils sont incapables de déchiffrer.

Je n'ai pas encore achevé le roman de Tom Wolfe et, en définitive, je ne puis t'en rendre compte, mais l'épisode de l'incendie est merveilleux. Je crains seulement qu'après avoir campé ses personnages de façon aussi magistrale, il ne sache que faire d'eux. Le portrait d'« Amy Carleton » (Emily Davies Vanderbilt qui venait nous voir dans notre appartement à Paris, tu te souviens ?) avec ses yeux gris un peu fous et sa manière de parler que Tom a si fidèlement imitée, est tout bonnement parfait. Elle s'était évertuée à éduquer Tom – *sans succès*[1] – et a fini par se suicider en 1934 dans le Montana, dans la maison solitaire d'un ranch. Le portrait de M. Jack est merveilleux lui aussi. Il est criant de vérité.

Bons baisers,

Papa

P.S. : Au nom de Somerset Maugham, *la lettre* !

1. En français dans le texte.

Scarsdale (N.Y.)

Vendredi 13 décembre 1940

Cher Papa,

Excuse-moi de ne pas t'avoir répondu plus tôt, mais je n'ai reçu le manteau qu'hier, et comme j'ai ton cadeau depuis mardi, j'ai préféré attendre pour répondre à tout en même temps.

Bien entendu, le manteau est une merveille, je l'adore. Je vais le porter en soirée, voire tout le temps. Du coup, cela résout mon problème concernant le cadeau de Noël de Mary Earle, puisque je peux désormais lui offrir mon autre manteau du soir. J'ai acheté des présents pour tout le monde, les Taylor, les Sayre, les Finney, les Law, les Ober, etc. Il y en a partout, je suis submergée de boîtes ! Cela me ferait plaisir si tu pouvais me conseiller dans ta prochaine lettre un cadeau pour Maman. Et un pour toi, aussi, car tu n'es pas facile. De surcroît, avec Maman cela se complique, elle ne semble même plus apprécier les petits accessoires habituels, et comme elle vient de toucher deux cent cinquante dollars, elle se sera sans doute offert tout ce dont elle a besoin. Elle ne lit jamais de livres d'art, etc. Vraiment, je suis à court d'idées.

Je dois encore tuer le temps jusqu'à mercredi. Jamais depuis Ethel Walker School je n'ai été à ce point gavée par un endroit. Nous nous sommes trouvées en délicatesse avec le règlement la semaine dernière pour être rentrées trop tard. C'est vraiment le mauvais côté du pensionnat.

Our Town[1] sera représentée demain soir, et franchement il y a de quoi se sentir libéré tellement cet automne n'a ressemblé qu'à une longue séance de répétition.

Pardon de bougonner alors que tout va pour le mieux et que je suis si contente du manteau. Mets cela sur le compte de la surchauffe de cette fin de semestre. Tout le monde a été vraiment adorable de m'offrir ce manteau, remercie-les encore pour moi, s'il te plaît.

Je t'aime,

Scottie

---

1. Pièce en trois actes de Thornton Wilder, créée en 1938. Très célèbre, elle est régulièrement jouée par des troupes amateurs.

Scarsdale (N.Y.)

Samedi 21 décembre 1940

Cher Papa,

Pas de doute, tu vas être si exalté d'apprendre que je t'ai envoyé un cadeau de Noël, que tu ne pourras plus t'en remettre. Toutefois tu risques de le recevoir aux environs de Pâques, vu la qualité du service de livraison de Macy's[1]. Toujours est-il que je me suis vraiment creusé la tête et j'espère que tu trouveras mon présent utile. Je te souhaite de passer un très bon Noël en dépit de tes problèmes de santé. Et, surtout, qu'il te soit plus agréable que l'année dernière. Merci encore pour l'argent, cela sera amplement suffisant.

Jamais je n'ai été aussi heureuse de quitter l'université ; je m'amuse déjà comme une folle. J'ai promené mon manteau en renard argenté dans les restaurants de New York, prétendant être une femme avec une grande carrière, et je me suis sentie du dernier chic. J'ai passé la nuit à Scarsdale parce qu'une très bonne amie organise ce soir un dîner avec les membres de l'assemblée de Westchester, ou quelque chose du genre[2]. De toute façon, comme

1. Chaîne de grands magasins américains fondée en 1858.

2. C'est au cours de cette soirée que Dick Ober apprendra à Scottie la mort de son père.

maintenant je suis ici et, qu'en plus, je n'ai jamais assisté à une telle réception, je me suis dit que ce serait amusant. Je partirai demain pour Baltimore et mardi je serai à Montgomery, juste à temps pour le dîner de Noël. Tout cela est très excitant, je ne me suis jamais sentie aussi joyeuse. Hier soir, je suis allée voir *Fantasia* ; c'était formidable. L'innovation technique est vraiment épatante. En revanche, lorsqu'ils reviennent au dessin animé pour illustrer du Beethoven, cela m'a paru totalement déplacé.

Notre professeur d'art dramatique, Dollie Flanagan, vient juste de faire publier un livre sur le théâtre national intitulé *Arena*. Ce qui est très excitant. Il semble que *Our Town* ait été un franc succès. En ce moment, je lis l'autobiographie du docteur Finney et je dois avouer que c'est passionnant.

À propos, avant-hier, monsieur Ober m'a accompagnée à un cocktail donné par monsieur Jules Romains. J'ai eu l'impression de me retrouver trois étés plus tôt, à Hollywood – il y avait tellement de célébrités autour de moi. J'ai fait une longue promenade avec Mark Connelly[1], qui te transmet ses amitiés. C'était très sympathique, comme dans ces terribles chroniques du *Cosmopolitan*[2]. La soirée avait lieu dans un penthouse avec vue sur tout New York, etc.

N'oublie pas de transmettre mes amitiés à Sheilah et de la remercier encore pour le manteau. Pense

1. Mark Connelly (1890-1980), acteur et auteur américain.
2. Magazine américain pour femmes fondé en 1886.

aussi à me prévenir dès que mon cadeau sera arrivé. S'il tardait, je pourrais faire une scène à Macy's, ce dont je rêve depuis longtemps. Encore une fois joyeux Noël et merci pour la fête, je suis convaincue que cette dernière sera réussie. Je te promets de rayonner comme un soleil chez les Sayre.

Avec toute mon affection,

Scottie

Épilogue

« Dans le détail, il me rendait claustrophobe, toujours à discuter, analyser, soupeser les choses. Les enfants ont besoin de faire leurs propres fautes, et non pas que quelqu'un les choisisse pour eux. Je savais bien alors que ses lettres étaient des chefs-d'œuvre. J'aurais souhaité lui témoigner davantage mon estime, mais, naturellement, je ne soupçonnais pas qu'il mourrait si tôt[1]. »

Scottie Fitzgerald

---

1. Cité par Matthew J. Bruccoli, *F. Scott Fitzgerald, biographie*, La Table Ronde, 1994 (1re édition 1981).

Table

Note de l'éditeur 7
Introduction par Scottie Fitzgerald 13
Chronologie 25

LETTRES

1936

Été 1936 : Scott à Scottie 35
4 juillet 1936 : Scott à Scottie 40
16 juillet 1936 : Scott à Scottie 44
Juillet 1936 : Scott à Scottie 48
20 octobre 1936 : Scott à Scottie 50

1937

5 juillet 1937 : Scott à Scottie 55
21 septembre 1937 : Scottie à Scott 57
22 septembre 1937 : Scottie à Scott 59

27 septembre 1937 : Scottie à Scott 61
1er octobre 1937 : Scottie à Scott 64
8 octobre 1937 : Scott à Scottie 66
9 octobre 1937 : Scottie à Scott 71
24 novembre 1937 : Scottie à Scott 73
25 décembre 1937 : Scottie à Scott 77

1938

1er mars 1938 : Scottie à Scott 83
16 avril 1938 : Scottie à Scott 90
22 avril 1938 : Scottie à Scott 92
27 avril 1938 : Scott à Scottie 99
Juin 1938 : Scottie à Scott 102
7 juillet 1938 : Scott à Scottie 106
11 juillet 1938 : Scottie à Scott 112
Juillet 1938 : Scottie à Scott 113
7 août 1938 : Scottie à Scott 114
7 août 1938 : Scott à Scottie 118
6 septembre 1938 : Scott à Scottie 122
16 septembre 1938 : Scottie à Scott 127
15 novembre 1938 : Scott à Scottie 129
18 novembre 1938 : Scott à Scottie 132
Décembre 1938 : Scott à Scottie 137

1939

Janvier 1939 : Scott à Scottie 143
Hiver 1939 : Scott à Scottie 146

Mars 1939 : Scott à Scottie 150
11 mars 1939 : Scott à Scottie 154
6 mai 1939 : Scott à Scottie 158
13 juillet 1939 : Scott à Scottie 161
14 juillet 1939 : Scott à Scottie 166
31 octobre 1939 : Scott à Scottie 169
20 novembre 1939 : Scott à Scottie 172
27 décembre 1939 : Scott à Scottie 174
30 décembre 1939 : Scott à Scottie 176

1940

16 janvier 1940 : Scott à Scottie 183
26 février 1940 : Scott à Scottie 185
8 mars 1940 : Scott à Scottie 188
18 mars 1940 : Scott à Scottie 191
27 mars 1940 : Scott à Scottie 195
1er avril 1940 : Scott à Scottie 197
7 mai 1940 : Scott à Scottie 199
11 mai 1940 : Scott à Scottie 201
14 juin 1940 : Scott à Scottie 204
12 juillet 1940 : Scott à Scottie 206
18 juillet 1940 : Scott à Scottie 209
3 août 1940 : Scott à Scottie 212
21 août 1940 : Scottie à Scott 216
30 août 1940 : Scottie à Scott 223
4 septembre 1940 : Scottie à Scott 225
6 septembre 1940 : Scottie à Scott 228
14 septembre 1940 : Scott à Scottie 231
18 septembre 1940 : Scottie à Scott 232

21 septembre 1940 : Scott à Scottie 234
29 septembre 1940 : Scottie à Scott 236
13 octobre 1940 : Scottie à Scott 239
19 octobre 1940 : Scott à Scottie 243
1er novembre 1940 : Scottie à Scott 246
11 novembre 1940 : Scottie à Scott 249
28 novembre 1940 : Scottie à Scott 253
29 novembre 1940 : Scott à Scottie 257
7 décembre 1940 : Scott à Scottie 261
Décembre 1940 : Scott à Scottie 263
13 décembre 1940 : Scottie à Scott 266
21 décembre 1940 : Scottie à Scott 268

Épilogue, par Scottie Fitzgerald 271

Francis Scott Fitzgerald dans Le Livre de Poche

Entre trois et quatre n° 9735

Les quinze nouvelles de ce recueil ont été écrites en 1929 et 1934, période où commençait à pâlir l'étoile de l'auteur de *Gatsby*. Sa femme, Zelda, internée, les soucis d'argent de plus en plus pressants : Fitzgerald a vu s'achever les années folles dans la grande crise économique.

Fleurs interdites n° 13552

Voici, après *Love Boat* et *Entre trois et quatre*, le troisième et dernier volume de nouvelles inédites de Francis Scott Fitzgerald, publiées dans les grands journaux américains durant les dernières années de sa vie. L'auteur, ruiné, désabusé, s'enfonce dans l'alcoolisme. Ses personnages reflètent une hantise de la fuite du temps, un sentiment de désillusion. F. Scott Fitzgerald devait mourir quelques mois après avoir écrit le texte qui clôt ce recueil.

Fragments du paradis n° 13968

Le paradis dont parle le titre de ce livre, c'est celui de la jeunesse et des premières amours, fugace « comme un rêve dont on ne parvient plus à se souvenir ». C'est celui dont rêvent tant de personnages, dont les existences passent ici en quelques pages qui, à chaque fois, nous disent l'essentiel.

Gatsby le Magnifique n° 900

Nous sommes au lendemain de la Grande Guerre, le mal du siècle envahit les âmes. C'est l'époque de la Prohibition et des fortunes rapides. En 1922, Jay Gatz, devenu Gatsby, se retrouve fabuleusement riche et joue la carte des folles dépenses pour éblouir Daisy. Le jour où l'espoir de la conquérir s'évanouit, la fête prend fin brutalement…

Tendre est la nuit n° 6722

Tendre est la nuit est l'histoire, largement autobiographique, de la décomposition d'un être fait pour être aimé, trop romantique pour pouvoir résister à son époque, trop tendre, malgré son apparente désinvolture, pour savoir sagement vieillir. C'est plus particulièrement l'histoire de l'amour de Dick et de Nicole. Ce couple très uni cache un secret. C'est un extraordinaire témoignage sur la vie d'entre les deux guerres qui nous est offert.

Composition réalisée par PCA

Achevé d'imprimer en mai 2010, en France sur Presse Offset par
Maury-Imprimeur - 45330 Malesherbes
N° d'imprimeur : 155111
Dépôt légal 1re publication : juin 2010
Librairie Générale Française - 31, rue de Fleurus - 75278 Paris Cedex 06

31/2792/5